Heinz-Lothar Worm

Der Sohn des Kesselflickers

BRUNNEN
VERLAG GIESSEN · BASEL

FSC
Mix
Produktgruppe aus vorbildlich bewirtschafteten Wäldern und anderen kontrollierten Herkünften

Zert.-Nr. SGS-COC-1940
www.fsc.org
© 1996 Forest Stewardship Council

Diesem Werk liegt die Erzählung
»Unter den Falschmünzern« (1876)
von Ottokar Schupp zugrunde.

www.brunnen-verlag.de
Lektorat: Eva-Maria Busch
Umschlagmotiv: Hessenbild, Friedrichsdorf
Umschlaggestaltung: Ralf Simon
Satz: Die Feder GmbH, Wetzlar
Herstellung: GGP Media GmbH, Pößneck
ISBN 978-3-7655-1979-6

In der Köhlerhütte

Der Nebel hat seine abendlichen Schleier über den Fluss gebreitet. Die Treidler, die von dem kleinen Pfad aus einen beladenen Kahn flussaufwärts gezogen haben, sind dabei, die Leinen am Ufer zu vertäuen, damit der Kahn mit der Fracht nicht über Nacht fortgeschwemmt wird.

Lässt man den Blick schweifen, erkennt man auf einer Hochfläche über dem Lahntal ein altes Schloss. Die Fenster sind dunkel. Wie so oft ist der Schlossherr irgendwo in der Welt unterwegs. Das ehrwürdige Gebäude ist von Äckern und Wiesen umgeben, die in einen dichten Forst übergehen.

Am Waldrand, nicht weit entfernt, duckt sich eine schlichte, aus Balken gezimmerte Köhlerhütte. Dort wohnt der alte Köhler Andreas mit seiner Frau, die von allen »Mutter Agnes« genannt wird. Sie ist in der Gegend bekannt, weil sie sich mit heilsamen Kräutern, Pflanzen und Wurzeln auskennt. Wenn ihr Mann bei seinem Meiler sitzt und Holz zu Holzkohle brennt oder mit seinem Karren von Ort zu Ort fährt, um die Dorfschmieden zu beliefern, dann sucht sie im Wald an den nur ihr bekannten Stellen die wohltätigen Arzneigewächse. Diese werden zu Hause getrocknet und später an die Apotheker in der Umgebung verkauft.

Die beiden Alten führen ein ruhiges Leben am Waldrand. Die harten Zeiten während der französischen Fremdherrschaft haben ihnen ein schweres Opfer abverlangt: Ihr einziger Sohn, die Freude und Stütze ihrer alten Tage, ist von ihnen weggeholt und als Soldat in die Rheinbundarmee eingereiht worden. Alles Betteln und Bitten bis hin zum Landesfürsten hat nichts geholfen. Schweren Herzens und voller düsterer Vorahnungen haben die beiden Eltern ihr Kind ziehen lassen müssen.

Schließlich hat man ihnen die Nachricht überbracht, der Sohn sei im Ausland gefallen. Jeder in der Gegend weiß um das Leid der alten Leute und versucht, ihnen freundlich und hilfsbereit zu begegnen.

Heute Abend sitzen die beiden vor ihrer Hütte. Vater Andreas hat einen frisch aufgeschichteten Meiler angezündet und sitzt daneben, den langen Stocherbalken zwischen den Knien haltend. Gedankenvoll schaut er den sich aufringelnden Rauchwolken nach. Mutter Agnes ordnet die am Tag gesammelten Kräuter auf verschiedenen weißen Tüchern. Einige von ihnen müssen schnell in der Sonne getrocknet werden, andere dagegen an einem luftigen Ort im Schatten, damit ihre Heilkraft nicht verloren geht. Mutter Agnes versteht sich auf ihre Heilpflanzen.

Plötzlich wird die Stille des Waldes vom Rasseln eines rasch fahrenden Wagens und Pferdegetrappel unterbrochen. Gleich darauf biegt ein geschlossener Wagen um die Ecke, der von einem Reiter begleitet wird. Als dieser die beiden Leute sieht, gibt er dem Kutscher einen Wink, er möge anhalten. Dieser bringt die Pferde zum Stehen. Der Reiter nähert sich mit seinem Pferd dem Köhler und spricht mit fremdländischem Akzent: »Guten Abend, Vater, wir haben uns verirrt. Kommen wir von hier auf die Chaussee nach Wiesbaden?«

Vater Andreas blickt den Reiter aufmerksam an und sagt dann, mit der Hand in eine Richtung deutend: »Da müsst Ihr zunächst über den Fluss gelangen. Vor dem Schloss findet Ihr die Straße, die nach Ems führt. In Ems fahrt Ihr über die Brücke, dann folgt Ihr der Chaussee quer durch das Taunusgebirge bis nach Schwalbach. Von dort aus ...«

»Parbleu, das ist noch sehr weit, und es wird bald dunkel!«

Der Reiter mustert die beiden und das Köhlerhaus mit scharfem Blick. Dann reitet er, wie wenn er einen Entschluss gefasst hätte und sich nun beraten will, nach dem Wagen zurück. Eine tief verschleierte weibliche Gestalt beugt sich aus dem Wagenfenster. Der Reiter beginnt mit ihr ein Gespräch in französischer Sprache. Immer wieder gestikuliert er heftig. Endlich steigt er vom Pferd und geht auf die Köhlersleute zu.

»Wir sind in einer sehr schwierigen Lage«, beginnt er, »wir haben ein Kind bei uns, welches auf unserer Reise schwer krank geworden ist. Wir fürchten, wenn wir die Fahrt fortsetzen, dass uns das Kind stirbt. Könnten wir nicht vielleicht bei Euch die Nacht über Unterkunft finden?«

Die beiden Alten sehen sich zunächst etwas bedenklich an. Dann aber siegt das gute Herz von Mutter Agnes.

»Vater, das scheint mir doch Christenpflicht, dass wir die Leute beherbergen.«

»Ja, aber wo sollen wir sie denn alle lassen?«

»Oh, da macht Euch nur keine Sorgen«, entgegnet der Reiter da schnell. »Wenn Ihr nur das Kind in einem Bett unterbringen könnt – die Dame wird wegen der Pflege sowieso nicht zu Bett gehen wollen; und ich und der Kutscher brauchen keine weitere Aufmerksamkeit, wir können hier unter dem Schuppendach bei den Pferden bleiben.«

Dem Vater Andreas kommt das alles nicht recht geheuer vor. Diese Gesellschaft gefällt ihm nicht. Aber er möchte seiner Frau nicht im Wege sein, weil sie die Sache vom Standpunkt der Christenpflicht aus ansieht. Und so sagt er schließlich: »In Gottes Namen!«

Mutter Agnes eilt ins Haus und holt einen großen Korb, stellt ihn auf zwei Stühle neben dem Kachelofen und holt einige Kissen aus dem Bett ihres Sohnes, das in der Dachkammer steht. Aus den Kissen richtet sie für das kranke Kind im Korb ein Lager.

Inzwischen ist der Kutscher auf Geheiß des Reiters um den Kohlenmeiler herum zum Schuppen auf der entgegengesetzten Seite des Hauses gefahren und hat den Wagen so gestellt, dass er rückwärts in den Schuppen geschoben werden kann. Das Pferd des Reiters ist mit den Zügeln an die Trense des Sattelpferdes angehängt. Der Reiter selbst kommt in die Stube und ruft, nachdem das kleine Lager bereitet ist, die Dame, die mit einem in Decken gehüllten, etwa vierzehn Monate alten Kind sogleich ins Zimmer tritt. Das Kind liegt leblos in ihren Armen; die halb geöffneten Augen glänzen matt wie im Fieber. Die kleine Brust hebt und senkt sich rasch, während die Händchen krampfhaft zucken.

Die verschleierte Dame legt das Kind behutsam in das Bettchen und sagt dann zu Mutter Agnes in sehr gebrochenem Deutsch: »Ich werde holen gehen meine Effekten, bleibt Ihr so lange bei das kranke Kind!«

Nun kommt auch Vater Andreas in die Stube, um das Kind zu sehen. Die Dame eilt mit leisen Schritten nach draußen.

Die beiden Alten stehen vor dem Bettchen, ganz versunken in den Anblick des kleinen, hilflosen Wesens. Unwillkürlich denken sie an ihren gefallenen Sohn, der als Kind in denselben Kissen und im selben Korb neben dem Ofen gelegen hat. Ein tiefes Mitleid überkommt beide. Sie reichen sich wie unabsichtlich die Hand. Dabei ist beiden entgangen, dass der Reiter leise die Stube verlassen und die Tür hinter sich geschlossen hat.

Irgendwann sagt Mutter Agnes: »Du, Vater, sieh doch einmal zu, wo die beiden bleiben! Es ist ja schon ganz dunkel draußen, und sie sehen gewiss nichts. Am besten nimmst du gleich die Laterne mit.«

Vater Andreas geht in die Küche, zündet mit einem Span des Herdfeuers die Laterne an und geht zur Haustür. Merkwürdig, sie hat doch vorher offen gestanden. Nun ist sie geschlossen, und als er sie aufklinken will, da geht es nicht.

»Das ist ja sonderbar«, ruft Vater Andreas. »Mutter, komm doch einmal her! Die Haustür geht nicht auf.«

Mutter Agnes kommt sofort herbei und versucht zu öffnen. Aber auch sie schafft es nicht.

»Du, die haben zugeschlossen!«, sagt sie erschrocken.

»Das ist ja wirklich sonderbar«, meint Vater Andreas. »Die Leute gefallen mir überhaupt nicht. Du wirst sehen, wir bekommen mit denen noch Unannehmlichkeiten.« Dabei klopft er an die Tür. Draußen ist kein Laut zu hören.

»Die soll doch ...«, und damit geht er in die Schlafstube, deren Fenster nach dem Schuppen hinausgeht. Er reißt es auf – und da begreift er überhaupt nichts mehr. Der Platz ist leer; Wagen und Pferde und Menschen sind verschwunden.

Nachdem er sich von seinem Schrecken ein wenig erholt hat, geht er in die Stube zurück. Da steht seine Frau mit einem Brief in der Hand vor der Lampe und sucht die Schrift zu entziffern.

»Mutter, das Volk ist auf und davon!«

»Was? Und das Kind ... das Kind haben sie hiergelassen? Ich bitte dich, Vater, lauf ihnen nach!«

»Aber Mutter, die sind längst über Stock und Stein. Man hört ja nicht mal mehr einen Huftritt. Was hast du denn da?«

»Ei, das hat da auf der Erde gelegen.«

Andreas entfaltet den Brief und entziffert Folgendes: »Das Kind ist nicht krank, es ist nur betäubt. Es muss verschwinden, deshalb lassen wir es hier. Beiliegender Geldbetrag ist für Euch eine Entschädigung.«

Andreas wirft das Papier auf den Tisch: »Das ist eine unverschämte Frechheit!«

»Das ist ein Verbrechen!«, stellt Mutter Agnes fest.

»Das ist mehr als ein Verbrechen! Uns alten Leuten so etwas anzutun!«

Die erhobene Stimme des Alten hat das Kind geweckt. Es rührt sich im Körbchen und fängt an zu wimmern. Dann fängt es plötzlich an zu schreien. Mutter Agnes nimmt es auf. Da beginnt es heftig zu zucken und sich zu erbrechen. Mutter Agnes redet ihm gut zu, bis es sich beruhigt hat, dann wäscht sie das Kind und trägt es im Zimmer auf und ab.

»Ach, du armes kleines Würmchen! Was haben diese Schandbuben mit dir gemacht! Ja, beruhige dich, mein Herzchen, jetzt ist ja alles gut. Hier bei uns kann dir nichts geschehen, mein Püppchen!« Sie singt ein Kinderliedchen und kitzelt das Kind, bis es lacht.

Vater Andreas hat in der Zwischenzeit den Briefumschlag geöffnet. Es sind zwei Tausend-Franc-Scheine darin.

»Jetzt schau dir doch diese Niedertracht an! Sie wollen uns bestechen, damit wir womöglich stillschweigen sollen. Dieses Zeug wandert am besten ins Feuer, dann kommt man gar nicht erst in Versuchung.«

»Nein, nein, Vater, lass das! Das Geld gehört dem Kind. Außerdem brauchst du es vielleicht noch einmal als Beweis.«

»Ja, da hast du recht. Aber ich sollte gleich nach Ems hinuntergehen zum Bürgermeister und bei ihm alles zu Protokoll geben.«

»Nein, Vater, lass das lieber bleiben. Am Ende lauern dir die Kerle im Wald noch auf, weil sie nicht wollen, dass man sie verfolgt. Bleib lieber hier! Zum Bürgermeister kannst du auch morgen noch gehen.«

»Richtig, Mutter! Jetzt kommt es auf ein paar Stunden wirklich nicht an.«

Mutter Agnes holt sich Betten aus der Schlafkammer und macht sich ein Lager neben dem Korb zurecht, um bei dem Kind zu sein. In die Kammer will sie es nicht nehmen, damit Vater Andreas nicht im Schlaf gestört wird. Er muss immer schon kurz nach Mitternacht aufstehen, um nach dem Meiler zu sehen. Mithilfe von Agnes steigt er nun aus dem Fenster hinaus, öffnet die verschlossene Haustür und schließt sie danach von innen wieder ab.

Dann sagt er: »Ich war doch recht dumm, Mutter, dass ich mit in die Stube gegangen bin, aber ich wollte das Kind gerne sehen.«

»Nein, Vater, das hat Gott so gefügt; die schlechten Menschen hätten dich am Ende noch niedergeschlagen!«

»Möglicherweise …«

Dann schaut er in den Korb, in dem das Kind nun sanft und ruhig schläft.

»Mutter«, sagt er, »nun hast du wieder ein Kindchen!«

»Ja, wenn wir es behalten sollen, dann wollen wir es brav erziehen. Wir sind aber schon recht alt!«

»Wie Gott will! Lass uns nun schlafen gehen!«

Am anderen Tag macht sich Vater Andreas auf den Weg hinunter nach Ems zum Bürgermeister und zum Pfarrer und erzählt, war sich ereignet hat. Natürlich forscht man sofort nach den Flüchtlingen, zuerst in Wiesbaden, aber dort sind sie nirgendwo gesehen worden. Die Spur verliert sich.

Als Mutter Agnes das Kind baden will, findet sie einen Zettel unter dem Jäckchen. »Louisa« steht darauf – offensichtlich der Name des Mädchens. Nun besteht kein Zweifel mehr: Das Paar hat die Kleine absichtlich ausgesetzt.

Baron von Langenberg

Der Herbst und der Winter sind vergangen. Die kleine Louisa hat sich prächtig entwickelt. Die einfache, aber kräftige Kost scheint ihr gut zu bekommen. Dunkelbraune, sanft gelockte Haare ringeln sich jetzt um ihr Gesicht mit den hellbraunen Augen. Sie ist ein entzückendes kleines Mädchen, das überall um die Köhlerhütte herumtollt.

Mutter Agnes wird noch einmal richtig jung. Oft wünscht die Kleine, mit ihr Verstecken zu spielen. In irgendeinem Winkel des Hauses oder des Schuppens verkriecht sie sich dann und wartet geduldig, bis Agnes sie findet, wobei sie vor Freude laut aufschreit, sobald Agnes sie erhascht. Und Vater Andreas setzt Louisa oft auf die Knie und lässt sie dort reiten.

Ihr feines Kleidchen aus Samt, aus dem sie herausgewachsen

ist, hat sie mit einem Rock aus rauem Wollstoff eingetauscht, das Seidenhemdchen musste einem leinenen Hemd weichen. Mutter Agnes hat einige Nachbarinnen gebeten, ihr beim Nähen von neuen Kleidern für die Kleine behilflich zu sein. Nun sieht Louisa aus wie ein einfaches Bauernkind in den schlichten Kleidern. Schuhe trägt sie nicht, stattdessen bindet Mutter Agnes ihr ein passend geschnittenes Stück Leder um jeden Fuß, das die kleinen Füße einigermaßen gegen Unebenheiten auf dem Boden schützt.

»Jetzt schon Schuhe anfertigen zu lassen, das kostet unnötig Geld. Köhlerskinder bekommen erst dann Schuhe, wenn die Füße ausgewachsen sind«, sagt Vater Andreas.

»Meinst du denn, wir würden das noch erleben?«, fragt Agnes zweifelnd.

»Das steht in Gottes Hand«, meint Andreas und fügt hinzu: »Und da steht es gut!«

Vater Andreas hat übrigens längst eine Ziege aus dem Lahntal heraufgeholt.

»Unser Kind braucht kräftigende Milch«, hat er gemeint. »Und die Milch einer Ziege ist das Beste, was ein Kind bekommen kann.«

Irgendwann begreift die Kleine, dass die Milch, die sie nach anfänglichem Zögern gerne trinkt, aus den Zitzen der Ziege heraus gemolken wird. Da kniet sie sich neben Vater Andreas und die Ziege, öffnet den kleinen Mund und lässt sich die Milch direkt hineinspritzen. Dabei muss sie so sehr lachen, dass sie sich verschluckt und Andreas ihr auf den Rücken klopfen muss. Das geschieht fast jedes Mal. Trotzdem freut sich Louisa immer aufs Melken.

Eines Vormittags macht Louisa große Augen. Eine Kutsche fährt vor der Köhlerhütte vor. Mutter Agnes hat im Häuschen die Tritte der Pferde und das Knirschen der Räder gehört.

»Sollten sie jetzt das Kind holen wollen?«, erschrickt sie. Aber dann erkennt sie den Baron aus dem Schloss. Er ist etwa fünfzig Jahre alt, groß und schlank, hat volles weißes Haar und ein glatt rasiertes Gesicht.

Er ist mal wieder aus Wiesbaden nach Hause gekommen, denkt Mutter Agnes und läuft hinaus, um ihn zu begrüßen. Noch im Hinausgehen wischt sie sich die Hände an der Schürze ab.

Baron Maximilian und Vater Andreas sind trotz des Standesunterschiedes befreundet. Als Maximilian noch ein kleiner Junge war, durfte er mit dem damals gerade herangewachsenen Andreas Wanderungen in den Wald unternehmen. Andreas zeigte dem Kleinen die Spechthöhlen, die flinken Eichhörnchen, die bunten Schmetterlinge auf den Waldlichtungen, die im Volksmund als ›Natternhemden‹ bezeichneten abgestreiften Häute der Schlangen und vieles andere mehr. Man vertraute einander, denn schon Andreas' Großvater ist Köhler in den Wäldern von Schloss Langenberg gewesen.

Vater Andreas kommt freudig auf den Baron zu.

»Schön willkommen daheim, Baron Maximilian«, ruft Andreas ihm entgegen. »Hat es Euch mal wieder in das Schloss Eurer Väter gezogen?«

»In das einsame Schloss nicht so sehr, aber zu den lieben Menschen, die in seiner Nähe wohnen«, entgegnet der Baron mit leisem Lächeln. Da erblickt er Louisa, die an der Hand von Mutter Agnes um die Hausecke kommt.

»Ich grüße Euch, Mutter Agnes«, sagt er freundlich. »Und das ist das Kind, das Ihr im Alter noch erhalten habt?«

Agnes errötet und blickt zur Seite. »Ihr wisst doch, Herr Baron …«

»Freilich weiß ich, wie Ihr zu dem Kind gekommen seid. Durch die Nachforschungen des hiesigen Bürgermeisters ist die Sache in Biebrich am Hof nicht verborgen geblieben. Aber nun lasst mich die Kleine einmal richtig betrachten.«

Prüfend schaut er das muntere Kind an. »Ein hübsches kleines Mädchen habt Ihr da. Es wird Euch viel Freude machen.«

»Das tut das Kind jetzt schon, Herr Baron«, wirft Agnes ein.

»Gib mir dein Händchen, kleines Mädchen«, bittet der Baron. Aber Louisa scheut sich vor ihm und streckt ihm ihre Hand nicht entgegen. Da hilft Vater Andreas etwas nach. »Du musst dem Herrn Baron schön ›Guten Tag!‹ sagen«, fordert er die Kleine auf. Da nimmt der Baron das Patschhändchen und streichelt es. »Du bist ein feines Mädchen, Louisa«, sagt er.

»Etwas müsste aber noch beredet werden, Andreas«, fährt der Baron fort. »Wir wissen nicht, ob dieses fremde Kind christlich getauft ist. Wie man mir mitgeteilt hat, gab es nur einen Zettel mit dem Namen ›Louisa‹ unter dem Jäckchen. Hast du sonst nichts gefunden, keinen Hinweis?«

»Nein, Herr Baron«, sagt Vater Andreas, »nichts als den Zettel mit dem Namen und ein winziges goldenes Kreuz am Hals, wie es die reichen Leute ihren Patenkindern bei der Taufe schenken.«

»Dann können wir sicher sein, dass das Kind die Taufe erhalten hat. Das enthebt uns einer Sorge. Und ich bin überzeugt, dass du, Andreas, mithilfe deiner Gattin das Kind im christlichen Glauben erziehen wirst.«

»Da seid unbesorgt, Herr Baron«, sagt Mutter Agnes. »Möglicherweise hat das Kind die Taufe in der katholischen Kirche erhalten. Ich bin aber immer eine gute Protestantin gewesen und könnte das Kind nur evangelisch erziehen.«

»Das soll uns kein Kopfzerbrechen machen. Und da die kleine Louisa hier keine Taufpaten hat, will ich an ihr die Patenstelle vertreten. Ich verpflichte mich, für sie zu sorgen, wenn Ihr dazu nicht mehr in der Lage sein solltet.«

»Aber, Herr Baron, Ihr seid doch selber oft abwesend. Wie könntet Ihr da für das Kind sorgen?« Andreas blickt sein Gegenüber fragend an.

»Nun, das wird sich finden. Zum Ersten seid ihr beiden noch rüstig und könnt für das Kind noch viele Jahre da sein. Und sollte Gott es anders beschlossen haben, dann werde ich die

Kleine auf das Schloss bringen und der Kastellanin anvertrauen. Ich verspreche euch aber in einem solchen Falle, sie nicht zu vergessen und von Zeit zu Zeit nach ihr zu sehen.«

»Aber«, schluckt Mutter Agnes, »verzeiht, Herr Baron, was gibt es mit Louisa, wenn Ihr selbst ...«

»Ihr meint, wenn ich selbst nicht mehr am Leben sein sollte?«

»Aber Mutter, der Baron ist doch noch jung!«, tadelt Andreas.

»Nein, Andreas, Eure Frau hat recht. So sehr jung bin ich nicht mehr. Ich lebe zwar noch sehr gern auf Gottes schöner Erde, aber niemand weiß, was kommt. Wir werden noch weitere Paten für das Kind suchen. Denn viele Paten sind die beste Versorgung für das Kind. Einer davon wird, wenn die anderen vorzeitig sterben sollten, die Kleine aufnehmen und versorgen, bis sie heiratet oder sich selbst versorgen kann.«

»Das soll Gott Euch lohnen, dass Ihr Euch des Kindes annehmt, Herr Baron!«

»Nein, Gott soll es euch lohnen, dass ihr euch des Kindes annehmt, ihr beiden! Und nun genug darüber geredet. Morgen kommt ihr zu mir ins Schloss, dort will ich meinem jüngsten Patenkind dann den Patentaler geben.«

»Verzeiht meine Neugier, Herr Baron, aber habt Ihr etwas über Euren Sohn in Erfahrung bringen können?«

Das Gesicht des Angeredeten erhält einen traurigen Zug. »Mein Sohn lebt nicht mehr. Als Soldat in den Diensten des preußischen Königs ist er auf dem Feld der Ehre gefallen. Nein ...«, schneidet er Mutter Agnes das Wort ab, die ihn unterbrechen will, um ihn zu trösten, »sagt gar nichts dazu. Ihr selbst habt euren Christian verloren, wie ich meinen Maximilian verloren habe. Ihr euren Einzigen, ich meinen Einzigen.«

Der Baron wendet sich ab. Andreas meint Tränen in seinen Augen zu sehen.

»Und sonst wisst Ihr gar nichts von ihm?«

»Doch, Andreas, meine Nachforschungen haben ein wenig Erfolg gehabt. Ich will es euch anvertrauen, aber bitte redet vorerst nicht darüber. Mein Sohn hat im Böhmischen ein Edelfräulein geheiratet. Das Letzte, was man mir mit Sicherheit kundgetan hat, ist, dass die junge Frau einem Söhnchen das Leben geschenkt hat und sich nach dem Tod meines Sohnes auf die weite Reise hierher zu mir, ihrem unbekannten Schwiegervater, gemacht hat. Das ist nun schon einige gute Jahre her. Wie ihr wisst, ist sie hier niemals angekommen.«

»Und Ihr habt überall Nachforschungen angestellt?«

»Überall! Aber niemand im nördlichen Böhmerland weiß etwas von einer jungen Baronin Langenberg. Trotzdem gebe ich die Hoffnung nicht auf, sie und das Kind zu finden. Es müsste nun schon etwa zehn oder gar zwölf Jahre alt sein.«

Louisa ist inzwischen unruhig geworden. Sie zieht Mutter Agnes fort. »Da, da, Gänschen«, ruft sie und zeigt auf die drei Gänse, die mit ihrem Ganter über den Hof gewatschelt kommen.

»Ich wünsche Euch, Herr Baron, dass Ihr Mutter und Kind finden möget. Dann hättet Ihr doch einen Leibeserben. Und ein Kind wäre Euch ein rechter Trost. Ihr seht es doch an uns, wie dieser kleine Wildfang uns wieder jung gemacht hat.«

Der Baron von Langenberg lächelt traurig. »Wir wollen weiterhin hoffen und nachforschen.«

Auf der Landstraße

Einige Jahre sind inzwischen vergangen. Es ist wieder Frühling geworden, fast über Nacht. Ein echter, recht wonnevoller Mai bricht an, so schön, wie es ihn seit Jahren nicht mehr gegeben hat. Selbst ältere Leute können sich nicht erinnern, ihn jemals so schön erlebt zu haben. Lange, fast zu lange, hat der Winter sein Zepter geschwungen. Alles hat starr und tot unter der Eisdecke begraben gelegen. Endlich, nach stürmischen Regentagen, die den letzten Schnee aus Schluchten und Gräben fortgespült haben, ist nun machtvoll und siegreich das lang gehemmte Frühlingsleben hervorgebrochen. Das Auge schweift über das helle, zarte Grün der Fluren. Eine Fülle lieblicher Blüten prangt auf Wiesen und Feldern, an Baum und Strauch. Vom Wald her tönt der schmetternde Jubelchor der gefiederten Sänger, die ihre Maikonzerte abhalten. Die Drosseln, Amseln, Finken und Lerchen, alle geben sie ihr schönstes Lied zum Besten.

Und schlagartig belebt sich auch die Landstraße, die im Winter nur wenige Passanten gesehen hat. Was gibt es doch auf der Landstraße alles zu sehen! Hier pulsiert das Leben, hier trifft man Bekannte und Fremde, hier erfährt man Neuigkeiten. Breit sind die Landstraßen, so breit, dass zwei sich begegnende Kutschen aneinander vorbeifahren können, ohne ausweichen zu müssen. Bei engen Stellen in Wäldern oder an Bergabhängen kann jeweils nur ein Fahrzeug fahren. Dann einigen sich die Kutscher, indem sie auf ihren Hörnern blasen, wer zuerst passieren darf.

Die Landstraßen sind links und rechts mit Bäumen bestanden. Wenn ein Wanderer auf der Straße von der Dunkelheit überrascht wird, zeigen ihm die Bäume den Weg bis zum nächsten Wirtshaus. Auch im Winter bei Schneetreiben oder im Herbst, wenn man wegen des Nebels kaum zehn Schritte weit sehen kann, sind die Baumstämme die besten Wegweiser. Der größten Beliebtheit aber erfreuen sich Obstbäume links und rechts der Straße, denn hier dürfen Fußreisende sich im Spätsommer und Herbst am Fallobst laben. Jetzt im Mai aber blühen die Obstbäume und locken durch ihren Duft Scharen fleißiger Bienen an, deren Summen die Luft erfüllt.

Die Beherrscher der Landstraßen sind zweifellos die mächtigen Fuhrleute. Mit breitspurigen Wagen und einem Sechsergespann von großen starkknochigen Pferden durchfahren sie das Land, um die in den Häfen angelandeten Waren aus aller Welt ins Binnenland zu schaffen.

Aufregender aber sind die windschnellen Extraposten, deren Botschaften sofort weitergesagt werden und zu neugierigen Vermutungen Anlass geben. Und dann erst die bunt gekleideten sattelfesten Postillione mit ihren kleineren Kutschen! Mit geschickter Hand lenken sie die Pferde an den gefährlichsten Wegstellen vorbei.

Gemächlicher reiten die Handelsreisenden mit ihren behäbigen Pferden. Sie ziehen von einer Stadt zur anderen und bieten ihre Waren feil. Am Gürtel hängt bei ihnen das Pistolenhalfter. Die sofort griffbereite Pistole soll jeden Zeitgenossen davon abhalten, sich an ihnen und ihren prall gefüllten Mantelsäcken zu vergreifen.

Da sind auch die wandernden Handwerksburschen in ihren blauen Kitteln und vollgepackten »Felleisen«, den Rucksäcken. Auf beiden Seiten guckt ein Paar möglichst nicht zerrissener Stiefel hervor. In der Hand halten sie ihren derben Knotenstock und nicht selten auch eine Schnapsflasche. Gegen den rauen Wind schützen sie sich mit einem zerknitterten Filzhut. Auch Studenten kann man hin und wieder begegnen. Sie sind daran zu erkennen, dass sie ihre Haare wachsen lassen und kleine bunte Mützen tragen.

Das sind aber noch lange nicht alle, die an schönen Tagen die Landstraße bevölkern. Da gibt es noch die Hausierer und Kastenkrämer, die ihre Waren in einem Kasten vor dem Bauch über Land tragen, oder verschiedene Gaukler, die mit ihren Kunststücken den Leuten in den einsamen Dörfern das Staunen beibringen. Fahrende Musikanten sind ebenfalls gern gesehen, denn wann vernimmt man schon eine lustige Weise oder ein Liedchen, zu dem sich abends unter der Dorflinde tanzen lässt? Und auch die Zigeuner dürfen nicht vergessen werden. Immer drei bis fünf hölzerne Wohnwagen, von mageren Pferdchen gezogen, fahren die Straße entlang, je nachdem, aus wie vielen Mitgliedern die reisende Sippe besteht.

Dieser schöne Morgen scheint jeden auf die Landstraße gelockt zu haben, der irgendwie reisen will. Gerade begrüßen sich zwei nicht sonderlich vertrauenerweckende Personen.

»Einen schönen guten Morgen!«, ruft ein mittelgroß gewachsener Mann seinem Gegenüber zu. »Dich habe ich ja viele Jahre nicht gesehen, roter Henner.«

»Schau an, der Fisch-Jakob! Wo hast du dich denn so lange herumgetrieben?«

»Ich bin nun schon einige Zeit hier im Nassauischen tätig. Hier kann man recht gut leben.«

»Gehst du immer noch deinem alten Gewerbe nach?«

»Da sollte ich nicht der Fisch-Jakob sein!«

»Gibt es denn überhaupt noch Fische in den Bächen, wenn du schon so lange hier dein Unwesen treibst?«

»Nun mal ganz ruhig, roter Henner! Ich treibe kein Unwesen, sondern stelle den Fischen in den klaren Bächen nach. Und die verkaufe ich dann in den Dörfern und Städten.«

»Fängst du sie immer noch mit den kleinen Weidenkörben, die du so flink zu flechten verstehst?«

»Mit den Reusen? Ja freilich! Überall in den Bächen habe ich sie liegen. Ein hungriger Fisch findet wohl hinein, aber nicht wieder heraus.«

»Und diese Arbeit ernährt ihren Mann?«

»Mehr schlecht als recht. Man muss die Beute dann auch noch gut verkaufen.«

»Und das scheint nicht so einfach zu sein.«

»Nicht mehr so einfach wie seinerzeit im Kurhessischen. Hier werden die Bäche besser bewacht. Und ich natürlich auch.«

»Und trotzdem bleibst du hier?«

»Für einen Bachlauf hier in der Nähe habe ich die allerhöchste Erlaubnis zum Fischen. Das ist gut so, aber es reicht bei Weitem nicht. Man muss eben vorgeben, alle Fische aus diesem Bach geholt zu haben.«

»Ich verstehe. Die Reusen in den anderen Gewässern hast du besonders gut versteckt. Und du leerst sie nur im Schutze der Dunkelheit aus.«

»So, wie ich das seinerzeit in Kurhessen schon gemacht habe.« Eine Weile schreiten die beiden stumm nebeneinanderher. Da fragt der Fisch-Jakob: »Wo bist du denn gewesen in den letzten Jahren?«

»Ich war im Schaumburgischen und auf dem Eichsfeld. Dann bin ich wieder ins Kurhessische und nun die Lahn heruntergewandert.«

»Aber du stammst doch aus der Gegend von Kassel. Wolltest du da nicht bleiben?«

»Wolltest du da nicht bleiben?«, äfft der rote Henner den Fisch-Jakob nach. »Wer fragt mich schon, wo ich bleiben will? In der Kasseler Gegend und auf dem Eichsfeld ist es zu gefährlich für unsereinen.«

»Haben sie dich geschnappt?«

»Na, mich zum Glück nicht; aber andere hat es böse erwischt!«

»Erzähl doch davon!«

»Der Geier-Hans war's. Er hatte sich weite Kleider mit großen Taschen und Ärmeln machen lassen. Und er stellte den Hühnern und Gänsen mit einer Schlinge nach, die er ihnen so flink über den Kopf warf, dass sie keinen Mucks mehr herausbringen konnten.«

»Aber genauso machst du es doch auch!«

»Freilich«, lachte der rote Henner, »ein ehrlicher Mann will ja schließlich leben! Wenn sie einen nur auf diese Weise leben ließen!«

»Du wirst noch ganz ehrlich am Galgen enden!«

»Also, der Geier-Hans kam auf dem Eichsfeld zu dem Herrn

Martin von Hanstein auf sein abgelegenes Rittergut. Er ließ den Herrn um eine Wegzehrung ansprechen. Er bekam auch eine, aber damit hatte der Geier-Hans nicht genug. Als er aus dem Hause auf den Hof trat, war es so still, wie es an schönen Sommertagen auf solchen Höfen zu sein pflegt. Nirgends ein Mensch zu sehen und zu hören, aber desto mehr Hühner, die unter einem Holunderbusch sich in den Sand gekratzt hatten.«

»Ich ahne es!«

»Nein, du ahnst es nicht, Fisch-Jakob. – Ohne die Stille zu stören schritt der arme Geier-Hans auf den Holunderbusch zu, warf seine Schlinge aus und steckte ein Huhn nach dem anderen in seine Stiefel oder in die Taschen der weiten Hose. Aber leider hatte der verfluchte Herr von Hanstein hinter dem Fenster dem Geier-Hans nachgesehen, denn er kannte ihn gut. Und ehe der Geier-Hans es sich versah, wurde er von einem Diener wieder hoch zu Herrn Martin geschleppt.«

»O weh!«

»Herr Martin ließ ihn nun von seinen Bediensteten durchsuchen. ›Ein Hühnchen‹, sagte Herr von Hanstein, ›das ist das Recht von euch Leuten, und ich will es dir auch wohl gönnen. Aber jedes Huhn, das du mehr hast, sollst du mir büßen.‹ Und dann durchsuchten die Diener und der Herr die Säcke und die Taschen – und siehe da, hier kam ein Hühnchen und dort eins zum Vorschein, bis das halbe Dutzend voll war.«

»Und was hat Herr Martin daraufhin getan?«

»Der verfluchte Junker ließ den armen Geier-Hans binden und an den Ofen setzen. Ein Bediensteter musste ihm den Mund aufklemmen, und dann hat der Hansteiner ihm mit einer mächtigen Zange fünf Zähne ausgezogen. Du kannst dir denken, wie der Geier-Hans geschrien hat!«

»Den Hansteiner soll das Donnerwetter erschlagen!«

»Bei jedem Zahn sagte der Herr Martin: ›Den Zähnen tut es leid, dass sie herausmüssen. Sie hätten gern noch viel Hühnerfleisch gebissen …‹ Als die richtige Zahl der Zähne heraus war, ließ der elende Junker den armen Geier-Hans zum Hof hinausbringen mit der Verwarnung, das nächste Mal gehe es an den Galgen. Der Geier-Hans hat die Gegend aber schnell verlassen. Und ich habe auch nicht mehr lange gewartet, nachdem ich davon erfahren habe.«

»Ja, ja, die Zeiten sind unsicher geworden. Jetzt, wo überall die Franzosen herumlaufen und der welsche Kaiser das Sagen hat. Da nehmen selbst die Junker sich viel heraus!«

»Du wirst am Ende noch einem ehrlichen Broterwerb nachgehen müssen, roter Henner, sonst könntest du auch bald einen solchen Verlust deiner Beißwerkzeuge erleiden!«

»Unsinn! Ehrlicher Broterwerb! Dabei muss man ja erst recht darben. Nein, nein, ich habe da einen ganz anderen Plan. Das ist auch der Grund, warum ich hier bin. Hast du den Löffelkaspar nicht gesehen?«

»Den Löffelkaspar? Der kann nicht weit sein. Irgendwo in einem Dorf in der Nähe wird er wohl mit seinem Karren stehen. Weißt du auch, dass er jetzt ein Weib bei sich hat? Und Kinder?«

»Kinder? Die müssen aber noch sehr jung sein.«

»Zwei kleine Mädchen hat er und einen größeren Buben.«

»Einen größeren Buben? Wie alt ist der denn etwa?«

»Ich schätze, so etwa zehn Jahre. Ein hübscher Junge übrigens …«

»Der kann doch vom Kaspar nicht sein! Damals war er doch eingesperrt!«

»Na dann wird sein Weib sich den Balg irgendwo eingefangen haben. So was kommt ja öfter mal vor.«

»Dabei ist es doch keine Schwierigkeit, sich eines unehelichen Kindes zu entledigen.«

»Wie meinst du das?«

»Sag bloß, du wüsstest das nicht!«

»Nein, ich weiß es wirklich nicht.«

»Bei uns daheim weiß das jeder. Man gibt dem Neugeborenen niemals Muttermilch, sondern immer nur sauer gewordene Kuhmilch zu trinken. Da wird das arme Würmchen weniger und weniger und macht sich nach einigen Wochen wieder davon. Und niemand kann einem etwas nachweisen. Mancher große Bauer zahlt seiner Magd, die er geschwängert hat, einen hübschen Batzen Geld, wenn sie auf diese Weise seinen ungewünschten Nachwuchs aus der Welt schafft.«

»Dem Löffelkaspar Seine scheint davon nichts gewusst zu haben. Er hat die Frau und die drei Kinder bei sich.«

»Dass ich nicht lache! Der Löffelkaspar gebärdet sich wie ein ehrbarer Mann? Einer, der mit Weib und Kindern von Dorf zu Dorf zieht und die zerbrochenen Zinnlöffel einschmilzt, um sie dann wieder neu zu gießen!?«

»Wundert dich das? Er führt ein ganz unauffälliges Leben. Niemand kann ihm etwas nachsagen. Er sagt auch immer wieder, wie wichtig für ihn die Ehrlichkeit ist.«

»Das kann ich mir nicht vorstellen!«

»Manch einer, der im Kerker gesessen hat, ist nachher ein ehrlicher Mann geworden.«

»Nach außen hin vielleicht!«

»Jedenfalls sorgt er für seine Frau und die Kinder …«

»Seine Frau! Glaubst du denn, dass irgendeine Gemeinde ihm die Erlaubnis zum Heiraten gegeben hat? Kein Dorfschulze wird so närrisch sein, ihm eine Heiratsgenehmigung auszustellen. Es gibt doch wahrlich arme Leute genug! Eine Gemeinde, die ihm das Heiraten gestattet, die muss ihn und sein Weib und auch noch die Kinder auf ihre Kosten ernähren, wenn er selbst nichts mehr erwerben kann. Und wer nimmt so etwas schon freiwillig auf sich?«

»Freilich ist die Verbindung nicht vom Pfarrer gesegnet. Aber die beiden leben wie Eheleute zusammen. Und sie haben einen Buben und zwei kleine Mädchen.«

»Soll mir recht sein. Wenn ich ihn nur erst gefunden hätte!«

»Das kann nicht mehr lange dauern. Du weißt doch, dass er

hier von Dorf zu Dorf zieht, um Löffel einzuschmelzen und die Kochkessel der Bauern abzudichten.«

Im Dorfgasthaus

Von der Chaussee führt ein Weg ins abseits gelegene Dorf. Postkutschen, fremde vornehme Reisende oder Kaufleute kommen niemals hierher. Alles sieht noch so aus wie Jahrhunderte zuvor. Die Dächer der Bauernhäuser und Scheunen sind mit Stroh gedeckt, nur die kleine Kirche hat ein Schieferdach. Ein Strohdach ziert auch das Dorfgasthaus, das gleich neben der Kirche steht. Es ist aus Balkenfachwerk gefügt wie alle Häuser des Ortes. »DER EYNE MACHTS + DER ANDER ACHTS + DER DRITT VERLACHTS + WAS MACHTS« liest man auf dem großen Querbalken an der Stirnseite.

Vor dem Gasthaus steht eine mächtige Linde. Darunter hat sich ein Mann mit einem merkwürdigen quadratischen Karren aufgestellt. An der Vorderseite befinden sich zwei Räder, hinten steht das Gefährt auf zwei hölzernen Beinen. Zwei Griffstangen deuten darauf hin, dass der Karren gezogen oder geschoben werden kann. In Kniehöhe ist ein Ofen angebracht, über dem ein eiserner Rost mit einem Tiegel befestigt ist. Rings um den Ofen stehen in einer Vertiefung eiserne Vierecke, die auf den ersten Blick wie Ziegelsteine aussehen. Bei näherem Hinsehen erkennt man aber, dass es jeweils zwei Teile einer Form sind, die haargenau aufeinanderpassen. Es sind die Gussformen für Zinnlöffel, -teller und -becher. Oben wird flüssiges Zinn aus dem Tiegel in einen Trichter hineingegossen. Wenn es erstarrt ist, wird die Form auseinandergenommen, und man erhält zum Beispiel einen wunderschönen blanken Zinnlöffel. Lediglich der Anguss, das kleine kegelförmige Zinnstück aus dem Trichter, muss noch abgebrochen werden.

Das also ist das Gewerbe des Löffelkaspars, der zweimal jährlich durch alle Dörfer der Region zieht, um abgenutzte oder zerbrochene Zinnlöffel der reicheren Bauern einzuschmelzen und in neue Formen zu gießen. Die Zinngießer sind gern gesehene Leute; nicht nur wegen der Zinngefäße, sondern auch, weil sie durchgerostete Töpfe, Pfannen und Kessel flicken können. Das tun zwar auch die gelegentlich durchziehenden Zigeuner, aber die sind nicht immer in der Nähe. So bekommt der Löffelkaspar auch die löcherigen Kochgefäße gebracht, die er mit einer besonderen Metalllegierung – die Mischung ist sein Berufsgeheimnis – wieder abdichten kann. Manchmal wartet schon die ganze Ortschaft sehnsüchtig, dass er kommt.

Der beste Ort für sein Handwerk ist der Platz vor dem Wirtshaus, denn dort versammeln sich am Abend die Bauern des Dorfes, um über das Wetter, die Ernteaussichten, die Schweinepreise und anderes zu reden und gleichzeitig etwas gegen den Durst zu tun. Die Wirtsstube wird bei Kälte immer gut geheizt, was nach einem langen Arbeitstag auf dem Feld sehr angenehm ist. Die Frauen treffen sich derweil auf einem Bauernhof zum gemeinsamen Stricken oder Spinnen. So braucht nur eine Stube beheizt und eine Lampe angezündet zu werden. Jede Frau ist heilfroh, auf diese Weise Holz und Kerzen zu sparen, denn die Zeiten sind teuer. Außerdem macht es viel mehr Spaß, in der Runde zu arbeiten und dabei zu plaudern.

Wenn der Löffelkaspar vor dem Wirtshaus steht, spricht sich das meistens schnell herum. Während er seine fahrende Werkstatt einrichtet, inspiziert seine Frau Elsewitt schon die Kammer neben dem Stall, in dem die Familie wohnen wird. Hier gibt es einige Strohschütten, auf denen man schlafen kann. Warme Decken hat Elsewitt dabei, auch einige weiche Tücher, denn das kleinste Mädchen ist aus dem Windelalter noch nicht heraus. Sie legt ihr Gepäck ab und geht dann in die Wirtshausküche. Niemand stört sich daran, wenn sie auf dem Herd die Suppen für ihre Familie kocht. Bei der Abreise wird ihr Mann dann eine geringe Gebühr für die Unterkunft entrichten.

Heute hat sie Graupen mitgebracht. Unterwegs hat sie am Wegrand zarte Löwenzahnblätter, junge Schafgarbe und kleine Brennnesselblätter gesammelt, die sie nun klein hackt, um sie in der Suppe, sobald die Graupen weich gekocht sind, kurz mit aufwellen zu lassen.

»Hast du kein Fett für die Suppe, Elsewitt?«, fragt die alte Wirtin. Als Elsewitt verneint, bringt sie einen Steinguttopf herbei. »Hier, nimm dir einen Löffel voll Schmalz für deine Suppe. Sonst schmeckt sie doch nur halb so gut!«

Während die Mutter in der Küche beschäftigt ist, ruft der Löffelkaspar seinen Sohn.

»Bub«, sagt er, »lauf die Straße entlang und sag den Leuten, dass wir angekommen sind!«

Max, der vielleicht acht Jahre alte Junge, läuft barfuß die Dorfstraße entlang und ruft lauthals: »Der Löffelkaspar ist da! Der Löffelkaspar ist da!«

»Schau, der Löffelmax!«, rufen die Kinder und eilen dann heim, um der Mutter die Nachricht zu bringen, dass der Zinngießer wieder im Dorf ist.

»Wann fängt der Vater an?«, wird Max gefragt.

»Heute Nachmittag könnt ihr alles bringen, was er einschmelzen soll«, antwortet Max bescheiden, »dann ist das Feuer heiß genug.«

Am Nachmittag hat Max die Aufgabe, das Feuer unter dem Schmelztiegel mit einem Blasebalg immer wieder anzufachen, damit das angelieferte Zinn schnell einschmilzt. Familiensilber gibt es ganz selten bei den Bauern. Aber Familienzinn gibt es fast überall. Teller, Schüsseln, Leuchter, Kannen und Becher bestehen aus diesem schönen Metall, das schon manchen Stoß vertragen kann. Wenn es dann unansehnlich geworden ist, wird es einfach umgeschmolzen.

Noch bevor der Löffelkaspar die ersten Stücke in seinen Tiegel werfen kann, steht eine Traube von Dorfkindern um ihn herum. Neugierig schauen sie, was da geschieht. Schon bald kommen auch Männer und Frauen, die Zinnteller und vor allem Zinnlöffel dabei haben.

»Mit dem Geld sind wir heuer knapp«, sagt eine ältere Frau. »Können wir Euch auch mit zwei jungen Hühnern bezahlen?«

»Das müsst Ihr mit meiner Frau aushandeln«, lacht der Löffelkaspar, »die kommt bald.«

»Mit der Elsewitt bin ich noch immer klargekommen«, meint die Alte und hält Ausschau nach der großen Frau.

Inzwischen hat der Löffelkaspar seine Arbeit begonnen. »Immer hurtig mit dem Blasebalg pusten, Bub«, mahnt er seinen Sohn von Zeit zu Zeit. Sobald alle Zinngegenstände sich in dem eisernen Tiegel in eine silbrig glänzende Flüssigkeit verwandelt haben, entfernt er mit einem eisernen Spatel kleine Unreinheiten auf der Oberfläche. Anschließend gießt er die flüssige Masse in die Formen. Immer näher kommen die Dorfkinder, damit ihnen ja nichts entgeht.

»Haltet ein wenig Abstand, Kinder«, mahnt der Löffelkaspar, »sonst könntet ihr einen Spritzer abkriegen. Und das tut weh!«

Ungern treten die kleinen Zuschauer einen Schritt zurück, um bald darauf wieder näher zu rücken. Es fehlt aber auch nie an älteren Leuten, die ihre Pfeifen rauchen und dicht beim Feuer stehen. Sie geben vor, auf die Späße und Schnurren zu horchen, die der Löffelkaspar erzählt. Aber eigentlich sind sie von ihren Hausfrauen beauftragt, dem Kaspar auf die Finger zu sehen. Sie sollen darauf achten, dass er bei seiner raschen Arbeitsweise kein Zinn stibitzt. Max hat oft beobachten können, dass der Vater blitzschnell ein wenig flüssiges Zinn in die Asche unter dem Rost gießt. Das sieht aus, als geschähe es unabsichtlich; in Wirklichkeit legt er es darauf an, später aus der erkalteten Asche die erstarrten Zinnklumpen herauszusuchen und auf eigene Rechnung zu verarbeiten. Besonders junge Leute, die sich heimlich Treue versprochen haben, bitten ihn manchmal, Ringe für sie herzustellen. Er gießt sie in verschiedenen Größen aus dem beiseitegeschafften Zinn – und lässt sich das gut bezahlen.

Gäste sind im Wirtshaus immer willkommen, weil sie Neuigkeiten mitbringen. So ist auch der Löffelkaspar gerne gesehen, kommt er doch viel in der Welt herum. Man stellt ihm einen Becher mit Branntwein hin und bittet: »Erzählt doch mal, Löffelkaspar, was es in der Welt Neues gibt!«

Das lässt sich der Löffelkaspar nicht zweimal sagen. Er leert den Becher, winkt der Wirtin, dass sie ihn nochmals füllen möge, und fragt: »Habe ich euch schon von dem schrecklichen Mord bei Grünberg erzählt? Noch nicht? Dann hört!«

Die Männer rücken näher heran und warten gespannt.

»In Beltershain bei Grünberg, das liegt von hier aus noch hinter Gießen, lebte der Kaufmann Becker. Mit seinem Pferdefuhrwerk fuhr er montags los, kaufte in den Dörfern Butter und Eier zusammen und fuhr damit nach Frankfurt, wo er alles an Händler weiterverkaufte. Oft nahm er auch Tuche von Grünberg mit und andere Waren. Wegen seiner Ehrlichkeit und Pünktlichkeit wurden ihm auch große Geldsummen anvertraut.«

»Wirtin, bringt dem Löffelkaspar noch etwas zu trinken! Vom Reden bekommt man eine trockene Kehle.«

Der Löffelkaspar lächelt und fährt dann fort: »Aus Frankfurt brachte der Becker dann Leder für die Schuster, Eisen, Kupfer, Kaffee, Zucker und was bestellt wurde. Er hatte ein großes, braunes Pferd, das er sehr pflegte und freundlich behandelte. Eines Tages kam nun das Pferd allein und in vollem Galopp den Berg heruntergeprescht. Es zitterte, als es im Dorf angehalten wurde. ›Dem Becker muss ein Unglück widerfahren sein‹, sagte der Wirt, stellte das Pferd in den Stall und eilte mit einigen Leuten, die ihm folgten, die Straße hinauf, die der Fuhrmann zu befahren pflegte. Nicht weit vom Dorf bei einem Wäldchen fand man den Kaufmann tot auf. Der Wirt blieb zur Wache zurück und sandte Leute zum Gendarmen und einen Boten nach Beltershain zum Sohn des Ermordeten. Der Gendarm kam, und man fand, dass beide Wagenräder über den Hals gefahren waren. Aber auch sein Kopf war eingeschlagen, und das konnte nicht von den Rädern herrühren.«

»Ganz bestimmt nicht«, pflichtet ein Zuhörer bei.

»Man suchte weiter und fand weitere Blutspuren auf der Straße; daran konnte man sehen, dass der Körper ein Stück geschleift worden war. Die Geldkiste am Vorderteil des Wagens war leer, ebenso der Geldbeutel. Nach seinem Buch waren 400 Gulden in der Kiste gewesen. Der Räuber hatte die Geldkiste mit dem Schlüssel geöffnet, ausgeleert und wieder verschlossen.«

»Und hat man den Mörder bekommen?«

»Hört nur weiter! Der offenbare Mord weckte allgemeine Teilnahme; da meldete sich ein Schäfer, der hatte einen Menschen von der Straße quer über das Feld laufen sehen. Man suchte die Spuren, maß die Absätze und Sohlen und goss sogar einen Fußtritt mit Gips aus. Aber niemand wusste weiter. Da erzählte ein Knabe, er habe an der Straße Steine geschlagen, da sei Becker vorübergefahren, später sei einer eilend gegangen, der habe einen blauen Kittel mit weißen Knöpfen und ganz besondere Stiefel mit schwarzen Knöpfen und hohen Absätzen angehabt. Er sei dann nach Hause gegangen und habe seiner Mutter Mastgänse zum Wasser getrieben. Da sei derselbe Mann gekommen und habe ihn gefragt, wie er nach Ulrichstein komme. Er sei dann genau den Weg gegangen.«

Der Erzähler erhebt wieder sein Glas. »Gibt es hier denn keinen Branntwein mehr?«

Gleich darauf steht ein neuer Becher vor ihm. »Nun wurde in Ulrichstein gefragt. Der dortige Gerichtsdiener war früher

Gendarm und fand bald heraus, dass ein junger Mensch bei einem jüdischen Händler einen braunen Überzieher gekauft, diesen angezogen und seinen blauen Kittel mit den weißen Knöpfen mitgenommen habe. Der Gerichtsdiener machte sich nun auf die Suche nach einer Gegend, wo die Burschen solche Knöpfe an den Kitteln haben. Und er fand auch in sechs Stunden Entfernung ein solches Dorf. Dort erfuhr er den Namen eines Burschen, der in Frankfurt gewesen und mit einem braunen Überzieher zurückgekommen war. Mit dem Assessor des Gerichtes und einigen Gendarmen kam er eines Abends an und fand den gesuchten Mann in einer Gesellschaft von Burschen und Mädchen, wo er flott tanzte. Jetzt wurde er gefesselt und gefangen abgeführt. Er leugnete alles bis auf den Erwerb des Überziehers.

Der Knabe war der Hauptzeuge. Der Richter zeigte ihm drei Paar Stiefel, aber der Knabe sagte immer: ›Die waren es nicht!‹ Dann holte der Richter die Stiefel des Gefangenen, und da sagte der Knabe: ›Das waren sie, solche Stiefel sah ich noch nie.‹ Der Knabe erkannte den Kittel und dann den Mörder. So wurde dieser überführt; er gestand und wurde dann hingerichtet.«

»Das war recht«, murmeln die Zuhörer.

»Nun hört auch noch weiter!«, fährt der Löffelkaspar fort. »Der Sohn Beckers setzte das Geschäft fort, fuhr aber zwei Jahre lang eine andere Straße, aus Grauen vor dem Ort des Verbrechens. Als ihm aber eine Fracht in das Dorf der Untat übergeben wurde, fuhr er, wiewohl ungern, die alte Straße. An der Mordstelle fing sein Pferd an zu zittern. Als er es mit Mühe in das Dorf gebracht hatte, fiel es um und war tot.«

»Das treue Tier hat mehr Gefühl gehabt als der schändliche Mann«, sinniert einer der Zuhörer. »Der hat nach dem Mord sogar noch tanzen können.«

Der Löffelkaspar hat bereits einige Becher Branntwein ausgeleert. Wie immer, wenn er zu viel getrunken hat, wird er missmutig. Er steht auf und wankt hinter das Haus in die

Kammer neben dem Stall, wo die Elsewitt mit den Kindern schläft.

»Warum schläfst du hier auf dem Stroh, Weib, anstatt in einem ordentlichen Bett? Kannst du deinem Mann kein richtiges Nachtlager zurechtmachen?« Drohend erhebt er die Stimme.

»Aber Kaspar«, sucht Elsewitt den Betrunkenen zu besänftigen, »wir sind doch arme Leute und haben keine guten Federbetten. Wir schlafen doch oftmals auf Stroh.«

»Ach, Weibsgewäsch!«, herrscht Kaspar seine Frau an. »Auf der Stelle schaffst du ein gutes Bett herbei!«

»Woher soll ich das denn nehmen; Kaspar?! Nimm doch Vernunft an!«

»Du willst nicht? Du widersetzest dich mir? Du willst nicht hören? Warte, ich will dir Respekt vor deinem Mann beibringen!«

Er stürzt sich auf die Frau, die ihn an Körpergröße noch etwas überragt und schlägt auf sie ein. Elsewitt wehrt sich nicht. Schützend legt sie die Arme vor das Gesicht und stellt sich so, dass er in seinem blinden Zorn die Kinder nicht erreichen kann. Max wird wach von dem Lärm. »Was ist los?«, fragt er schlaftrunken, während er sich auf seiner Strohschütte aufrichtet.

»Willst du wohl schweigen! Wer hat dich gefragt, du, du …« Er lässt von Elsewitt ab und torkelt auf den Jungen zu. »Dich will ich Mores lehren!«, brüllt er und holt aus. Aber wie ein Blitz fällt ihm die Elsewitt in den Arm. »Lass das Kind in Ruh!«, fängt sie nun auch an zu schreien. »Wenn du mich schlägst, meinetwegen! Aber die Kinder rührst du mir nicht an, sonst …«

»Nun, sonst?«

Elsewitt holt aus und versetzt dem Kaspar einen Stoß vor die Brust, dass er rückwärts auf seine Strohschütte sinkt. »So, nun schlaf deinen Rausch aus!«

Zornig will er sich erheben, um sich auf Elsewitt zu stürzen, aber die Beine versagen ihm ihren Dienst. Er stößt noch einige Verwünschungen aus, dann sinkt er vollends um und ist gleich darauf eingeschlafen. Elsewitt deckt ihn mit einer Pferdedecke zu. Dann löscht sie seufzend das Licht.

Kurze Zeit später klopft es leise ans Fenster.

»Mutter, da hat jemand geklopft«, sagt Max, der noch nicht wieder hat einschlafen können.

»Wer sollte das sein?«, wundert sich die Elsewitt.

Es klopft erneut. »Löffelkaspar, komm heraus! Hier sind zwei gute alte Freunde. Wir haben dir ein Angebot zu machen.«

»Wer ist denn da?«, ruft nun die Elsewitt so laut, dass es auch die nächtlichen Besucher hören müssen.

»Schickt uns den Kaspar heraus! Wir müssen mit ihm reden«, sagt die Stimme.

»Der Kaspar schläft so fest, dass ich ihn nicht wecken kann«, antwortet die Elsewitt. »Kommt morgen bei Tag wieder, wenn er seinen Rausch ausgeschlafen hat!«

»Das lässt sich bei Tag nicht gut besprechen. Dann kommen wir morgen Abend nochmals.«

Im Wald

»Gestern Abend waren spät zwei Männer draußen, die dich zu sprechen wünschten«, sagt die Elsewitt am nächsten Morgen zu ihrem Mann.

»Wer ist das gewesen?«, fragt dieser fast ein wenig ängstlich.

»Ich weiß es nicht. Die beiden haben ihre Namen nicht genannt.«

»Und warum hast du mich nicht geweckt?«

»Weil du so viel Branntwein getrunken hast, dass du fest geschlafen hast.«

»Ich möchte nur wissen, wer das gewesen sein könnte.«

»Die Männer wollen heute Abend wiederkommen. Sie sagten, sie hätten etwas mit dir zu besprechen, das sich bei Tag nicht besprechen ließe.«

An diesem Abend trinkt der Löffelkaspar keinen Branntwein. Früh schon verlässt er die Wirtsstube und hält sich auf dem Hof vor der kleinen Kammer auf, in der er mit seiner Familie wohnt.

Als es spät geworden ist, wird er plötzlich aus dem Dunkel heraus angesprochen. »Kaspar, komm mit! Es gibt etwas zu besprechen!«

»Wer ist denn da?«, fragt Kaspar.

»Gute alte Bekannte! Aber mach nicht viele Worte, sondern komm!«

»Wohin?«

»In den Wald! Was wir zu besprechen haben, ist nicht für fremde Ohren gedacht.«

»Ich komme!«, sagt der Löffelkaspar und geht auf die Stimme zu, die aus dem Dunklen geredet hat.

Max hat den Männern ebenfalls aufgelauert, denn der geheimnisvolle Besuch am gestrigen Abend hat ihn neugierig gemacht. Über der Kammer, in der sie wohnen, befindet sich ein kleiner Verschlag, wo er sich versteckt hat. Nun steigt er vorsichtig die Leiter hinunter und folgt dem Vater und seinen Besuchern.

Bald haben seine Augen sich an das Dunkel gewöhnt, sodass er die drei Männer sehen kann, die zum nahe gelegenen Wald hinaufsteigen. Er folgt ihnen leise wie eine Katze. Als der Mond plötzlich hinter den Wolken hervorkommt, wirft er sich flach auf den Boden, um nicht entdeckt zu werden. Er muss einige Minuten still liegen bleiben, sieht aber noch, wo die Männer im Wald verschwinden. Eilig läuft er hinterher, um ihre Spur nicht zu verlieren.

Bald ist er ihnen so dicht auf den Fersen, dass er ihre Stimmen hört. In einem Gebüsch am Wegrand kann er sich leicht verstecken.

»Ach, du bist es, Fisch-Jakob! Das hättest du doch gleich sagen können!«, ruft der Vater erfreut aus. »Und der rote Henner! Wir haben uns lange nicht gesehen!«

»Nun schrei nicht so, Löffelkaspar! Du hast schon recht, wir haben uns lange nicht gesehen. Und wir haben auch schon lange nichts mehr miteinander gemacht.«

»Das soll nun anders werden. Es gibt große Pläne.«

»Na ja«, meint der Kaspar gedehnt, »ihr wisst, dass ich wegen der letzten großen Pläne lange gefangen gewesen bin. Und ich musste versprechen, nur noch auf ehrliche Weise mein Geld zu verdienen.«

»Als wenn ein Versprechen gegenüber solchen Leuten zählt!«

»Überleg nicht lange! Wir haben alles gut durchdacht und auch schon vorbereitet. Es gibt eine absolut sichere Stelle …«

»Ich weiß nicht …«

»Hör dir doch erst mal unseren Plan an!«

Die drei stecken nun die Köpfe zusammen und flüstern so leise, dass Max nichts mehr verstehen kann. Er traut sich nicht, seinen Lauscherposten im Gebüsch zu verlassen. Die Männer scheinen heftig zu diskutieren. Schließlich machen sie sich auf den Rückweg. Erst als sie weit weg sind, kommt Max aus dem Gebüsch und schleicht heim.

»Wo kommst du denn her?«, fragt ihn der Kaspar, der sich inzwischen auf sein Lager geworfen hat.

»Ich war nur mal draußen«, antwortet er.

Der Auftrag

Am nächsten Morgen nach der Morgensuppe befiehlt der Löffelkaspar: »Bub, du musst zum Köhler gehen. Du musst Holzkohle holen.«

»Ist der Weg nicht zu weit?«, fragt Elsewitt besorgt.

»Ach Unsinn! Der Bub ist kräftig genug. Ich habe schon mit unserem Wirt gesprochen, er leiht uns seinen Wagen. Darauf kann der Bub einen Sack mit Holzkohle laden und herbringen.«

»Wird er auch nicht in die Irre gehen?«

»Nein, Mutter«, beruhigt sie Max. »Macht Euch keine Sorgen. Den Weg zum Köhler Andreas will ich schon machen. Ich bin doch schon oft beim Schloss gewesen. Und die Köhlerhütte mit dem rauchenden Kohlenmeiler habe ich von dort aus gesehen.«

»Der Bub wird aber nicht in einem Tag hin und zurück gehen können«, wendet sich Elsewitt an Kaspar.

»Nun, so gib ihm eine ausreichende Wegzehr mit. Einen Platz zum Schlafen wird er schon finden.«

»Wird der Köhler nicht eine Bezahlung verlangen?«, fragt Elsewitt.

»Freilich wird er Geld haben wollen. Er muss eben etwas Geld im Beutel mitnehmen.«

Bald darauf ist Max reisefertig. Im Beutel, den ihm die Mutter umgehängt hat, befindet sich ein ansehnliches Stück Bauernbrot. Außerdem sind einige Münzen darin.

»Wir bleiben hier etwa noch drei Tage, Bub«, sagt der Löffelkaspar beim Abschied. »Sieh zu, dass du spätestens bis dahin wieder zurück bist. Lauf jetzt zur Chaussee und folge ihr in Richtung Ems. Oberhalb von Ems verlässt du sie wieder und nimmst den Weg halb rechts. Da kannst du das Schloss schon von Weitem sehen.«

»Ja, Vater, ich weiß.«

»So nimm den Weg unter die Füße!«

Max zieht das Wägelchen hinter sich her.

Als er kaum noch zu sehen ist, fragt Elsewitt: »Wozu brauchst du denn überhaupt die Holzkohle? Bisher hast du doch immer gute trockene Buchenscheite benötigt, um das Feuer anzufachen.«

»Was geht es dich an, Weib?« Grob fährt der Löffelkaspar seine Frau an. »Kümmere du dich um deinen Kram. Hast du nicht genug mit den Kindern und dem Essenkochen zu tun?«

»Ich frage ja nur.«

»Das sind Angelegenheiten für Männer. Misch du dich da mal nicht ein!«

Die Sonne steht schon tief, als Max am Schloss vorbeifährt. Am Waldrand sieht er die Köhlerhütte stehen; dahinter kräuselt sich Rauch zum Himmel empor. Nun ist er gleich am Ziel. Er biegt auf den Hof; der von einem riesigen, rauchenden Kegel begrenzt wird. Ein eigentümlicher Rauchgeruch liegt in der Luft.

Ein kleines Mädchen, einige Jahre älter und viel hübscher als seine Schwestern, springt erschrocken auf, als es den fremden Jungen entdeckt.

»Wer bist denn du?«, fragt die Kleine. »Und was willst du hier?«

»Ich bin der Löffelmax und will Kohlen kaufen. Wo ist denn der Köhler Andreas?«

»Der Köhler Andreas, das ist doch mein Vater. Er ist hinter dem Meiler. Komm, ich bringe dich hin.« Zutraulich fasst die Kleine seine Hand und zieht ihn um den rauchenden Kegel.

»Da ist der Vater. Er baut einen neuen Meiler auf.«

Max sieht sich einem Mann mit einem rußgeschwärzten

Gesicht gegenüber. Die graugrünen Augen des Alten blicken ihn freundlich, aber auch forschend an.

»Wen bringst du denn da, meine kleine Louisa?«, fragt Vater Andreas.

»Ich bin der Löffelmax und soll für den Vater einen Sack Holzkohle kaufen. Das Geld dafür habe ich mitgebracht.«

»Hast du etwas mit dem Löffelkaspar zu tun, dem Zinngießer?«

»Ja, ja, das ist mein Vater.«

»Das wundert mich, dass der Löffelkaspar Holzkohle zum Zinngießen braucht. Na, das soll mir aber einerlei sein. Komm, ich mache dir einen Sack mit Holzkohlen zurecht.«

Max sieht sich um. Da ist ein Pfahl in den Boden gerammt. Kegelförmig sind rings um ihn Holzscheite angeordnet.

»Was macht dein Vater da?«, fragt er die Kleine.

»Du bist aber dumm!«, sagt sie. »Das siehst du doch. Vater macht einen neuen Meiler. Der wird ganz hoch.«

»Und was geschieht dann damit?«

»Na, der Meiler wird mit Laub, Tannenzweigen und Erde abgedeckt. Zuletzt zieht der Vater den Pfahl in der Mitte heraus und zündet den Meiler an.«

»Er brennt ihn nieder?«

»Du bist aber wirklich dumm«, sagt Louisa altklug. »Vater brennt ihn doch nicht nieder! Der Meiler glimmt ganz langsam. Und wenn alles fertig ist, dann ist das Holz ganz schwarz. Dann ist aus dem Holz Holzkohle geworden.«

»Und wozu braucht man Holzkohle?«

»Es kommen viele Leute hierher, die die Holzkohle kaufen. Manche von ihnen machen buntes Glas. Manche wollen Eisen schmelzen. Dafür brauchen sie Holzkohle, weil die ein ganz heißes Feuer macht.«

»Sie macht heißes Feuer?«

»Ja, aber das musst du doch wissen, wenn du Holzkohle mitnehmen willst. Wofür braucht ihr sie denn?«

»Das weiß ich eben nicht.«

Max wird auf die Leiter aufmerksam, die an dem Meiler schräg nach oben führt.

»Darf man da hochgehen?«, fragt er. »Ich möchte gerne mal in das Loch schauen, aus dem der Rauch kommt.«

»Nein, das ist ganz streng verboten.«

»Warum denn?«

»Weil nur der Vater dort oben hingehen darf. Ich bin auch noch niemals da gewesen.«

Vater Andreas kommt mit einem Sack auf dem Rücken aus dem Schuppen. Die letzten Worte Louisas scheint er gehört zu haben.

»Es ist gefährlich, auf den Meiler zu steigen«, erklärt er freundlich. »Wer versehentlich abrutscht und in das Loch stürzt, der ist unrettbar verloren. Deswegen darf niemand außer mir dort oben hingehen. Ich muss manchmal den Luftzug dämpfen oder auch das Loch etwas vergrößern, ganz wie der Meiler es braucht. Aber sonst darf keiner die Leiter betreten.«

Er legt den prallgefüllten Sack in den Wagen, den Max mitgebracht hat. Max öffnet seinen Beutel, aus dem Vater Andreas einige Münzen herausnimmt.

»Und wie lange dauert es, bis alles Holz zu Kohle geworden ist?«

»Bei diesem Meiler dauert es etwa eine Woche. Bei größeren kann es erheblich länger dauern.«

Der Köhler bearbeitet eine Stelle an der Seite des Kegels mit dem Stocherbalken. Hier haben sich kleine Flammen gezeigt. Sofort wird diese Stelle abgedeckt.

»Willst du heute noch fort?«, fragt er Max. »Oder brauchst du nicht weit zu fahren?«

»Ich muss ungefähr acht Stunden unterwegs sein.«

»Da kannst du aber doch heute nicht mehr auf die Rückreise gehen.«

»Ich werde schon ein Nachtlager finden. Ich schlafe irgendwo in einer Scheune.«

»Dann wäre es aber doch besser, du bliebest hier und schliefest diese Nacht bei uns. Morgen kannst du dann zeitig aufbrechen.«

»Wenn Ihr meint …«

»Geh, Louisa«, wendet er sich an die braunlockige Kleine, »geh zur Mutter und sag ihr, dass wir einen Gast haben.«

Mutter Agnes backt Spiegeleier für den unverhofften Besucher. Die kann er zu seinem trockenen Brot essen. Immer wieder muss sie den hübschen Jungen in den schäbigen Kleidern ansehen. »Irgendwie kommt er mir bekannt vor«, denkt sie, weist dann aber den Gedanken von sich. Woher sollte ihr der Junge auch bekannt sein?

Anschließend bereitet sie ihm ein Nachtlager. In der Dämmerung sitzt das Paar mit Louisa und Max auf der Bank vor dem Haus.

»Manchmal kommen Leute und wollen nur ganz wenige Kohlen haben«, plappert die Kleine.

»Kann man denn mit wenigen Kohlen etwas anfangen?«, fragt Max.

»Nun ja«, sagt Mutter Agnes. »Es gibt Dörfer, in denen zerreiben die Leute die Holzkohlen zu schwarzem Pulver und streuen es auf frische Wunden. Sie sind davon überzeugt, dass dann die Heilung schneller vonstatten geht.«

»Und manche Leute machen ein Kreuz aus Kohlen in der Walpurgisnacht auf die Türen von Haus und Stall. Das soll die Hexen verscheuchen. Die fliegen nämlich, so meinen die Leute, in der Walpurgisnacht von Haus zu Haus und gucken, wo sie Einlass finden können, um Schaden zu stiften.« Vater Andreas wiegt bedenklich den Kopf. »Und manchmal werfen die Leute hier in unseren Dörfern bei einem Gewitter Kohlen ins Feuer. Dann, so meinen sie, schlägt der Blitz nicht ein.«

»Hilft das denn wirklich, Vater Andreas?«, fragt Max.

»Das kann ich nicht sagen. Ich habe es niemals erprobt. Ich könnte auch sagen: Blitze schlagen in unsere kleine Hütte nicht ein, denn wir haben viele hohe Bäume hier in der Nähe. Und Hexen, wenn es denn welche geben sollte, haben sich bis jetzt noch nicht hierher verirrt.«

»Vater, nun sprich aber nicht solche Dinge«, wendet Mutter Agnes ein. »Du machst ja unsere kleine Louisa ganz ängstlich.«

»Ach, das ist doch Unsinn. Wo wird die sich fürchten, wenn wir doch alle bei ihr sind.«

»Ich denke, wir sollten jetzt zur Ruhe gehen«, lenkt Mutter Agnes ab. »Lasst uns den Abendsegen sprechen.«

Mutter Agnes betet ein Nachtgebet. Kurze Zeit später liegen alle auf ihrem Lager. Nur Vater Andreas muss sich bald wieder erheben. Er will noch einmal nach dem Meiler sehen.

Am nächsten Morgen sitzen alle vier um den großen Tisch bei der Morgensuppe. Mutter Agnes hat dazu in einer Pfanne etwas Mehl angeröstet und dann mit Wasser abgelöscht. Das gibt eine sämige bräunliche Brühe, die mit etwas Salz abgeschmeckt wird. Die Spitzen des ersten Schnittlauchs hat sie fein gehackt und hineingestreut. Solch eine Suppe zum Frühstück ist eine Köstlichkeit. Jeder brockt sich etwas Brot hinein.

»Ich habe heute Nacht einen wunderschönen Traum gehabt«, erzählt die muntere Louisa. »Darf ich ihn erzählen?«

»Aber sicher. Schöne Träume können einem Menschen den ganzen Tag hell machen. Erzähle uns, was du geträumt hast!«, ermuntert Mutter Agnes ihr Töchterchen.

»Der Vater und du und ich, wir sind unten an der Lahn gewesen. Es war sonnig und warm und die Vögel haben gezwitschert. Der Vater hat gesagt, wir sollen uns ans Ufer setzen. Aber da kam plötzlich ein richtiges Lahnschiff den Fluss heruntergefahren. Und wisst ihr, wer am Steuer gestanden hat? Der Max hier. Er ist mit dem Schiff zu uns ans Ufer gekommen und hat gewinkt, dass wir einsteigen sollen. Und das haben wir dann gemacht. Wir sind alle zusammen auf das Schiff gestiegen.

Ich durfte dem Max beim Steuern helfen. Irgendwann, wir waren schon ein Stück weit gefahren, da haben wir angehalten und Vater und Mutter sind ausgestiegen. Und da bin ich mit dem Max allein weitergefahren. Das war schön. Und es war richtig schade, dass ich aufgewacht bin.«

»Na vielleicht träumst du ja heute Abend weiter«, meint Vater Andreas.

»Da will ich mich anstrengen, dass ich davon wieder träume«, versichert Louisa. Dann wendet sie sich an Max. »Hast du auch etwas geträumt?«

Zögerlich antwortet Max: »Ich habe schon auch etwas geträumt, aber es war nicht so schön wie dein Traum, Louisa.«

»Ach bitte, erzähle ihn doch trotzdem!«

»Wenn du das gerne möchtest … Ich habe geträumt, dass ich in einem schönen Schloss im Bett liege. Ich bin noch klein. In dem Gemach, in dem ich lag, war es ganz dunkel. Draußen um das Schloss tobte ein grauenhafter Sturm. Mir wurde ganz furchtbar bang. Ich rief, aber niemand hörte mich. Da sprang ich aus dem Bett und eilte von Zimmer zu Zimmer, aber alle waren dunkel und leer. Ein wahres Entsetzen jagte mich immer weiter vorwärts.«

»Das war aber wirklich kein schöner Traum«, sagt Louisa.

»Endlich hörte ich Stimmen und sah durch eine Türritze einen Lichtschimmer. Ich machte die Türe auf und stand geblendet in einem hell erleuchteten Zimmer. In dem Zimmer befand sich eine Gesellschaft feinster Damen und Herren.«

»Jetzt wird dein Traum doch noch schön.«

»Alle starrten mich an wie ein Wunder. Dann trat eine der feinsten Damen hervor und nahm mich hell auflachend an der Hand, um mich fortzuführen. Als sie allein mit mir war, presste sie mit eisernem Griffe so furchtbar fest meine Hand, dass ich laut aufschrie. Sie sah mich mit einem hasserfüllten Blick an und sagte zu einem Diener, der herbeikam: ›Einschließen!‹ Noch jetzt kann ich den eiskalten Schrecken verspüren, der mich ergriffen hat, als sie das unbarmherzig harte Wort sagte.«

»Mein Traum war wirklich viel schöner, Max.«

»Merkwürdig«, sinniert der Sohn des Kesselflickers, »diesen Traum habe ich schon oft gehabt. Und manchmal denke ich, dass er Wirklichkeit gewesen ist.«

»Das kommt bei Träumen manchmal vor, dass man sie mit der Wirklichkeit vermischt«, meint Vater Andreas und erhebt sich, um nach dem Meiler zu sehen.

»Drüben im Schloss bei unserem Baron bin ich schon manchmal gewesen. Er ist nämlich mein Pate«, sagt Louisa stolz. »Und manchmal darf ich sonntags zu ihm kommen, wenn er zu Hause ist. Dann gehe ich mit ihm in die Kirche.«

»In die Kirche? So etwas habe ich mir immer einmal gewünscht. Das muss wunderschön sein. Ich habe immer gehört, dass dort zauberhafte Musik ertönt.«

»Das ist die Orgel.«

»Sonntags, wenn die Glocken läuten, dann verstecke ich mich immer. Wenn dann die Leute mit ihren schönen Kleidern in die Kirche gehen, dann ... dann schäme ich mich mit meiner alten Hose und der abgeschabten Jacke. Ich verstecke mich, sodass mich keiner sieht.«

»Bist du wirklich noch niemals in einer Kirche bei einem Gottesdienst gewesen?«, fragt Mutter Agnes ungläubig.

»Noch nie«, sagt Max leise. »Aber ich würde gerne einmal hingehen.«

»Und es liegt nur an deinem Anzug?«

»Ja freilich. Wenn die Leute dann alle in der Kirche sind, dann lege ich mein Ohr an die Kirchenmauer. Ich kann manchmal verstehen, was der Pfarrer sagt. Und dann höre ich die brausende Musik und den Gesang. Das muss wunderschön sein. Aber hineingehen, das kann ich nicht.«

»Ich habe meinen Vater oft um einen Sonntagsanzug gebeten. Aber er hat immer nur gesagt: ›Die Kirche ist kein Hase, sie läuft nicht fort. Wenn du groß bist, kannst du noch genug in die Kirche gehen. Dann wirst du es schon von selbst satt werden und lieber dahin gehen, wo man mit den Schnapsbechern zusammen läutet und wo das Buch mit den vier Königen gebraucht wird.‹ Ich denke mir, damit meint er das Kartenspiel.«

Mutter Agnes verlässt nun wortlos den Tisch und geht nach draußen. Nach einiger Zeit kommt sie zurück und sagt zu Max, der schon aufbrechen will: »Warte hier noch einen Augenblick!«

Als sie wieder in den Küchenraum tritt, hält sie eine wunderschöne Jacke in der Hand. »Schau«, sagt sie, »diese Jacke hat einmal unser Sohn Christian getragen. Er lebt schon lange nicht mehr. Nie konnte ich mich von dieser Jacke trennen, aber nun sollst du sie haben, damit du in die Kirche gehen kannst.«

»Das kann ich nicht bezahlen«, stammelt Max.

»Das brauchst du auch nicht, denn du sollst sie geschenkt haben.«

»Ja, aber …«

»Schon gut, lieber Max. Diese Jacke gehört jetzt dir. Denk, wenn du sie trägst, manchmal an einen Jungen, der genauso gesund und munter war wie du und der Christian hieß!« Eine Träne blinkt in Mutter Agnes' Auge.

»Aber, ich kann doch nicht …«

»Vater Andreas ist einverstanden damit, dass du diese Jacke bekommst.«

»Danke«, jubelt Max, der erst jetzt begreift, welch ein wunderschönes Geschenk ihm mit der Jacke zuteilgeworden ist.

»Da könnte ich ja vielleicht auch zur Schule gehen.«

»Ja … tust du das denn nicht?«

»Ich möchte so gerne schreiben, lesen und rechnen lernen, aber mein Vater sagt immer: ›Lernen macht Kopfweh; wenn du einen ordentlichen Löffel gießen kannst, dann weißt du genug für diese Welt!‹ Und dabei würde ich so gerne mit den Dorfkindern in die Schulstube gehen.«

»Aber ein aufgeweckter Junge sollte doch lesen und schreiben können«, meint Mutter Agnes, und Louisa ruft: »Ich darf auch schreiben und lesen lernen, haben die Eltern gesagt. Ich darf in die Schule gehen. Und es macht mir gar nichts aus, wenn ich immer den weiten Weg dorthin laufen muss.«

»Es ist Zeit, dass ich den Weg unter die Füße nehme«, sagt Max. »Ich bedanke mich ganz herzlich für Essen und Trinken und die Beherbergung. Und noch viel mehr danke ich für die Jacke.«

»Schon gut, mein Junge«, winkt Mutter Agnes ab. »Wann immer du in der Nähe bist, komm uns nur besuchen! Du sollst uns allezeit willkommen sein!«

»Ich begleite dich noch ein Stück weit, Max«, schlägt Louisa vor. »Das darf ich doch, Mutter?«

»Ja, bis vorne zum Schloss magst du mitgehen. Aber dann komm zurück, damit ich mich nicht um dich zu sorgen brauche.«

Max winkt Vater Andreas zu, ergreift die Deichsel des Wägelchens und setzt sich in Bewegung. Plötzlich thront Louisa auf dem Kohlensack. »Kannst du mich bis zum Schloss ziehen, Max? Ich bin noch niemals mit solch einem Wagen gefahren.«

»Na, bis dorthin wird es schon gehen. Mach dich nicht so schwer!«

Das lebhafte Mädchen fängt an zu singen. Eigentlich trällert sie mehr, als dass sie singt.

»Wie ein kleiner Vogel«, denkt Max.

Als sie am Schloss vorbeifahren, springt Louisa plötzlich vom Wagen. »Ich glaube, der alte Baron ist da«, sagt sie. »Das ist mein Pate. Der freut sich, wenn ich komme. Warte mal!«

Max hält an. Louisa läuft in den Schlosshof auf einen alten Diener zu.

»Ist der Herr im Schloss?«, fragt sie ihn.

»Ja, kleines Fräulein, aber ich hab ihn heute früh noch nicht gesehen. Es kann sein, dass er noch schläft, denn er ist gestern Abend erst spät aus der Residenz zurückgekommen. Ich will nachschauen.«

Kurze Zeit später öffnet sich ein Fenster in ersten Stock des Schlosses. Ein Herr mit weißen Haaren beugt sich heraus.

»Du kommst mich aber schon früh besuchen, kleine Louisa«, ruft der alte Herr.

»Guten Morgen, Herr Baron«, ruft Louisa artig und macht einen kleinen Knicks. »Der Max hat mich auf seinem Wagen mitgenommen. Deswegen bin ich schon da.«

Der Baron schaut Max, der neben seinem Wagen am Schlosstor steht, lange vom Fenster aus an. »Wer ist der Junge?«, fragt er endlich.

»Das ist der Max. Sein Vater ist der Löffelkaspar, der Zinngießer«, sagt Louisa.

»Ach so«, sagt gedehnt der Baron. »Na, dann komm mal schnell herauf zu mir. Ich habe dich doch jetzt lange nicht gesehen.«

Das lässt sich Louisa nicht zweimal sagen. »Auf Wiedersehen, Max«, ruft sie. »Komm mich bald wieder besuchen!« Sie drückt ihm einen Kuss auf die Wange – und schon ist sie die steinerne Treppe zum Schloss hinaufgesprungen. Verblüfft wegen des plötzlichen Abschieds bleibt Max noch einige Augenblicke stehen. Seine Augen füllen sich mit Tränen.

»Es hat mich noch nie jemand geküsst«, denkt er. Dann setzt er sich langsam wieder in Bewegung. Der Baron schaut ihm lange hinterher.

Als Max am Nachmittag auf den Hof des Wirtshauses einbiegt, wird er Zeuge eines heftigen Streites. Elsewitt hat in einem Bauernhause umgegossene Löffel abgeliefert und dabei ein Stück Leinwand mitgehen lassen.

»Wie kannst du dich unterstehen, die Leinwand mitzubringen?!«, herrscht der Löffelkaspar seine Frau an.

»Du weißt doch, dass ich den Kindern davon Hemdchen machen kann. Sie haben fast nichts mehr anzuziehen.«

»Das ist ganz einerlei. Willst du dich ins Zuchthaus und mich um die Kundschaft bringen?«

Wütend stürzt er sich auf Elsewitt und prügelt auf sie ein.

Max springt dazwischen und schreit so laut er kann. Da lässt der Löffelkaspar von seiner Frau ab.

»Du bringst jetzt sofort die Leinwand wieder dahin, wo du sie gestohlen hast!«, schnaubt er. Und mit Genugtuung auf seine Rechtschaffenheit hinweisend, sagt er: »Ich habe nichts als meine Ehrlichkeit, und die will ich mir erhalten. Ehrlich will ich leben und sterben. Und wenn sie sonst nichts auf meinen Grabstein zu schreiben wissen, dann sollen sie wenigstens sagen müssen: Er ist ein ehrlicher Kerl gewesen.«

Dann trägt er den Sack mit den Holzkohlen in den Schuppen und bringt den geborgten Wagen zurück.

Besuch im Schloss

Max merkt, dass der Vater nicht mehr jeden Abend ins Wirtshaus geht. Zwei Tage nach der Fahrt zum Köhler verlässt der Löffelkaspar spätabends die Kammer, in der sie noch immer wohnen. Als Max am nächsten Morgen aufsteht, stellt er fest, dass der Sack mit den Holzkohlen verschwunden ist. Nun bricht der Löffelkaspar mit den Seinen auf. Er schiebt den Karren, vor den noch Karo, der große Hund, gespannt ist, der auch kräftig mitziehen muss. Die Elsewitt trägt ihre jüngste Tochter Mariechen, während Max die ältere Lina an der Hand führt und zugleich noch einen kleinen Handwagen hinter sich herzieht. Der Weg führt sie in ein benachbartes Dorf, ein Stück näher zum Schloss Langenberg und damit zu der Köhlerhütte. Max ist froh darüber. Er plant, nun möglichst oft zur

Köhlerhütte mit ihren freundlichen Menschen hinüberzugehen.

Am Sonntag gelingt es ihm, sich unbemerkt von der Behausung, der Stube über dem Backhaus, die man dem Zinngießer vorübergehend überlassen hat, zu entfernen. Mit seiner neuen Jacke macht er sich auf zu Mutter Agnes und den Ihren. Sein Weg führt auch diesmal wieder am Schloss vorbei. Verstohlen blickt er in den Hof. Dort ist niemand zu sehen. Er hört aber merkwürdige Laute, die er noch niemals vernommen hat. Entfernt erinnern die Geräusche ihn an das Schnattern von Gänsen. Aber Gänse können das nicht sein, denn es sind schrille, hohe Kreischtöne dabei. Gerne würde er in Erfahrung bringen, welche Tiere diese Geräusche hervorbringen können, aber ihm fehlt der Mut, auf den Schlosshof vorzudringen und auf eigene Faust nachzuforschen.

Als er sich der Köhlerhütte nähert, kommen ihm Mutter Agnes und Louisa entgegen. Sie haben sich beide sehr sorgfältig gekleidet und sind anscheinend im Aufbruch begriffen. Louisa läuft ihm entgegen.

»Max, das ist aber schön, dass du mit uns zur Kirche gehen willst.«

Dass er daran nicht gedacht hat, dass heute Sonntag ist und dass er zur Kirche gehen könnte!

»Nehmt Ihr mich denn überhaupt mit?«, wendet er sich an Mutter Agnes.

»Natürlich nehmen wir dich mit und – einen guten Sonntagmorgen wünsche ich dir.« Max schluckt. Er hat vergessen, Mutter Agnes zu begrüßen.

Louisa sagt: »Mutter, du hast doch immer einen Kamm im Taschensack unter deiner Schürze. Damit kämmst du mir vor dem Beginn des Gottesdienstes oft noch einmal über die Haare. Hast du den Kamm heute auch dabei?«

»Freilich, mein Wildfang. Wenn du auf dem Weg auch immer so heftig läufst und den Kopf schüttelst, dann siehst du schnell ganz zerzaust aus. Da muss mein Kamm vor der Kirche noch einmal Ordnung schaffen.«

»Könnte er heute auch auf dem Kopf von Max mal Ordnung schaffen? Da liegen die Haare auch kreuz und quer.«

Geschwind hat Mutter Agnes den Kamm hervorgezogen. »Komm Max, nun wollen wir dich für die Kirche fein zurechtmachen.« Es ist ein mühsames Unterfangen. Max ist unbehaglich zumute. Er kann sich nicht daran erinnern, jemals gekämmt worden zu sein. Die Elsewitt hat ihm manchmal mit feuchten Fingern glättend über die Haare gestrichen, aber so einen Kamm ... den hat er noch nie auf dem Kopf verspürt. Immer wieder bleibt der Kamm im Haar hängen. Unerbittlich arbeitet Mutter Agnes weiter, bis sie einen Scheitel gezogen hat und die Haare geordnet in Wellen auf dem Kopf liegen.

»Warum hast du auch eine so dichte Haarpracht auf dem Kopf, Max?«, fragt Mutter Agnes ihn kopfschüttelnd mehrmals.

»O Max, du siehst aus wie ein Prinz!«, ruft Louisa lachend. »Mit deiner Jacke und so schön gekämmten Haaren ... Nicht wahr, Mutter, er sieht aus wie ein Prinz.«

Mutter Agnes lächelt. »Prinz Max und Prinzessin Louisa, nun müssen wir aber doppelt schnell gehen, damit wir noch rechtzeitig in die Kirche kommen.«

Max glaubt zu träumen, als er mit anderen Gottesdienstbesuchern zwischen Mutter Agnes und Louisa die Kirche betritt. Er bestaunt die schönen Bilder an der Seite und schaut dann erschrocken zu dem Mann auf, der dort aufgehängt an einem Holz zu sehen ist. Man hat ihm Nägel durch Hände und Füße geschlagen. »Das ist doch eine unglaubliche Grausamkeit«, denkt Max. Aber er traut sich nicht, Mutter Agnes zu fragen, was es mit diesem Mann auf sich hat, denn nun beginnt die Orgel zu spielen. Die herrliche Musik jagt Max einen Schauder nach dem anderen über den Rücken. Schade, dass diese ergreifenden Klänge nicht lange dauern. Es werden gemeinsame Lieder gesungen, die Max noch nie gehört hat, dann spricht der Pfarrer lange Zeit von einem erhöhten Stübchen aus, zu dem er ein paar Treppenstufen emporsteigen muss. Schließlich sagen die Gottesdienstbesucher alle zusammen etwas auf, das er nicht kennt. »Amen«, heißt es am Schluss. Ganz zuletzt gibt es wieder die schöne Orgelmusik, und dann erheben sich alle von den Bänken.

Vor der Kirchentür schlägt Mutter Agnes vor: »Max, heute kommst du mit zu uns zur Mittagsuppe. Ich habe heute früh einen Kapaun gebraten. Ein Stück davon soll für dich sein.«

»Ein Kapaun? Was ist denn das?«

»Vater Andreas schneidet die Hähne, wenn sie noch ganz jung sind. Dann werden sie fleischig und schön fett und lassen sich gut zu einem Braten verarbeiten.«

»Das musst du unbedingt kosten, Andreas«, ermuntert ihn Louisa. »Und heute Nachmittag gehst du mit mir zum Paten ins Schloss.«

»Wird er das denn erlauben?«

»Freilich, er hat mich doch ausdrücklich eingeladen, seine Papageien anzuschauen. Er hat nämlich einige davon jetzt in einem großen Käfig. Die sehen ganz wunderschön bunt aus.«

»Sind das die Tiere, die so merkwürdige Geräusche machen? Dann will ich sie auf alle Fälle sehen.«

Vater Andreas heißt den Gast herzlich willkommen. Auch er freut sich auf das gute Essen. Mutter Agnes versteht es besonders gut, das Fleisch mit aromatischen Kräutern zu würzen. In den Bauch des ausgenommenen Tieres hat sie vor dem Braten ein Gemisch aus Rosmarin, Thymian, Schafgarbe, Lungenkraut und Sauerampfer gefüllt. Die Kräuter werden vor dem Zerlegen des Bratens entfernt, aber ihr köstliches Aroma hat sich dem gebratenen Fleisch wunderbar mitgeteilt.

Nach dem Essen kann Louisa kaum noch warten. »Jetzt laufen wir zum Schloss hinüber. Ich zeige dir die Papageien, die du so gerne sehen willst.«

»Aber Louisa, der Baron pflegt doch um diese Zeit seinen Mittagsschlaf zu halten«, gibt Vater Andreas zu bedenken.

»Das macht doch nichts, Vater«, antwortet Louisa leichthin, »wir sind ganz leise, damit wir ihn nicht stören.«

In der Ecke des Schlosshofes steht neuerdings der Papageienkäfig mit fünf großen bunten Vögeln darin. Jeder Papagei trägt ein Kettchen an der rechten Kralle, mit dem er an einem eisernen Reifen festgebunden ist. Das bedeutet, dass keiner von ihnen seinen Platz verlassen kann. Max und Louisa können sich gar nicht sattsehen an den Kunststücken der lustigen Vögel. Die fremdländischen Tiere klettern in den Reifen herum, hängen daran mit dem Kopf nach unten, schlagen wie wild mit den bunten Flügeln und fangen auf einmal ein unerträglich lautes Kreischkonzert an.

Plötzlich hört man Pferdehufe, und im nächsten Moment sprengt ein vornehmer Reiter in den Schlosshof. Als er die Kinder erblickt, reitet er mit zornigem Gesicht direkt auf sie zu.

»Wer ist das?«, fragt Max leise.

»Das ist der Neffe des Barons. Sein Vater, der Gerichtsrat, bekommt einmal das ganze Schloss hier, wenn der Baron nicht mehr lebt.«

»Seit wann darf sich Gesindel hier im Schlosshof herumtreiben?«, brüllt der junge Mann. »Schert euch sofort weg hier!«

Louisa tritt dem Reiter einen Schritt entgegen. »Wir sind kein Gesindel. Ich bin …«

»Schweig still, du Hexe! Ich will dir zeigen, wie man mit euresgleichen umzugehen hat!« Der junge Mann springt vom Pferd, läuft auf die beiden zu und hebt den Arm. Ein Schlag mit der Peitsche saust auf Louisa nieder. Aber er trifft sie nicht, denn Max hat sich blitzschnell vor Louisa geworfen, als er sah, dass der Reiter den Arm hob. Ein stechender Schmerz im Gesicht lässt ihn zusammenzucken. Der Reiter hebt erneut den Arm zum Schlag. Da springt Max auf ihn zu, ergreift den einen Kopf größeren Jüngling am Kragen und wirft ihn rücklings zu

Boden. Dann hebt er die zu Boden gefallene Peitsche auf und zerbricht sie mühsam in mehrere Stücke. Schnell springt der Niedergeworfene wieder auf und pfeift nach dem Hund, einer großen Dogge.

Doch da donnert plötzlich ein markiges »Halt!« über den Schlosshof. Im Fenster eines Zimmers im ersten Stockwerk steht der alte Baron. Auch er sieht zornig aus, zornig aber nicht über die kindlichen Eindringlinge, sondern über das Verhalten des jungen Reiters.

»Wie könnt Ihr es wagen, auf meinem Besitz zwei Kinder mit der Peitsche zu schlagen, Herr Neffe?!«, ruft der Baron.

»Aber Onkel, Ihr werdet doch kein Gesindel im Schlosshof dulden. Ich dachte in Eurem Sinne zu handeln …«

»Zwei harmlose Kinder, die sich an den Späßen der Vögel erfreuen, mit der Peitsche zu züchtigen, das kann niemals in meinem Sinne sein. Ich wünsche ein solches Verhalten in meinem Schloss nicht wieder zu sehen, Herr Neffe!«

»Ich bitte um Verzeihung, lieber Onkel!«

»Ich bin der Falsche, der gebeten werden muss. Bittet den Jungen um Verzeihung, den Ihr geschlagen habt!«

»Aber Herr Onkel! Einen Bauernlümmel …«

Louisa schreit plötzlich auf: »Max, du blutest ja! Dein Auge ist rot von Blut!« Sie schaut ihm ins Gesicht. »Die Peitsche hat deine Augenbraue gespalten. Da läuft das Blut heraus.«

»Komm Louisa«, sagt Max. »Lass uns fortgehen von hier!«

Er zieht ein Tuch aus der Tasche und presst es auf die Wunde. Mit erhobenem Kopf geht Max ganz langsam voran. Da hört er die Stimme des alten Barons: »Bleib stehen, Junge, ich will sehen, was mein Neffe angerichtet hat!« Der Baron ist offenbar eilig auf den Schlosshof heruntergekommen.

Max bleibt stehen, wendet sich um und nimmt das Tuch vom Gesicht. Der Baron starrt ihn plötzlich an. »Das … das kann doch nicht sein! Sag mal, Junge, wer bist du denn? Wer ist denn dein Vater?«

»Mein Vater ist der Löffelkaspar«, antwortet Max. »Ihr kennt ihn vielleicht, er gießt die alten Zinnlöffel der Leute ...«

»Ja, sicher kenne ich ihn«, unterbricht ihn der Baron. »Und trotzdem ...«

Er zieht eine Börse aus der Rocktasche. »Hier, mein Lieber, das ist für deine Schmerzen.« Und er reicht Max eine alte Silbermünze.

»Nimm sie nur, sie ist wirklich für dich«, sagt der Baron, als Max staunend und abwehrend zugleich die Hand hebt.

»Und du«, wendet sich der Baron an seinen Neffen, »hast mich sehr enttäuscht. Es ist keine adlige Gesinnung, wenn man harmlose Kinder mit der Peitsche schlägt. Adlige Gesinnung hat dieser Dorfbub da gezeigt, indem er das Mädchen schützte und sich gegen deine Unverschämtheit wehrte.« Der Baron zeigt auf das Pferd. »Reite sofort wieder heim und lass dich erst wieder hier sehen, wenn ich dich rufen lasse!«

»Wie Ihr befehlt, Herr Onkel!«

Als Max zusammen mit Louisa zum Schlosstor hinübergeht, trifft ihn ein bitterböser Blick des jungen Mannes. »Das sollst du mir büßen, dass du mir die Gunst des Alten geraubt hast, du Elender«, zischt er.

Kopfschüttelnd schaut der Baron den Kindern nach. »Diese Ähnlichkeit! Aber er sagt, der Löffelkaspar sei sein Vater ...«, murmelt er so laut, dass auch der sich langsam entfernende Neffe es noch hören kann.

»Komm mich morgen besuchen, mein Junge«, ruft er hinter Max her. »Ich erwarte dich!«

»Ja, Herr Baron«, ruft Max zurück. »Ich komme!«

Auf dem Weg zur Köhlerhütte pflückt Louisa ein großes Huflattichblatt und gibt es Max. »Drück die helle Seite fest auf die Wunde. Dann heilt sie schneller.« Und kurz darauf sagt sie mehr zu sich selbst als zu Max: »Der Baron freut sich immer so sehr, wenn ich komme. Aber heute hat er nur nach dir gesehen und mich gar nicht beachtet.«

Von der blauen Blume

»Das muss ich der Mutter erzählen!« Louisa zieht Max hinter sich her, der Köhlerhütte zu. Kaum hat sie die Hütte betreten, da ruft sie auch schon die Mutter herbei. Mutter Agnes hört an ihrer Stimme, dass etwas geschehen sein muss.

»Der Max«, ruft Louisa, »Mutter, schaut Euch den Max an! Der Sohn des Gerichtsrats hat ihn mit der Peitsche geschlagen.«

»Ja, aber warum denn?«

Und nun sprudelt alles aus dem aufgeregten Töchterchen heraus. Die Mutter muss sich Mühe geben, um herauszufinden, was in welcher Reihenfolge eigentlich passiert ist. Während Louisa erzählt, reinigt sie vorsichtig die Wunde über dem Auge und wäscht Max das Gesicht ab.

»Das Blut steht, das ist das Wichtigste. Es wird sich wohl nichts entzünden. Aber die Narbe wird man bestimmt noch lange sehen. Vielleicht behältst du dein ganzes Leben lang eine gespaltene Augenbraue.«

Max winkt ab. »Ich merke kaum noch etwas davon«, sagt er tapfer, obwohl die Schmerzen noch nicht richtig nachgelassen haben.

Vater Andreas kommt vom Meiler zurück und nimmt auf der Bank vor der Köhlerhütte neben seiner Frau und den Kindern Platz. Louisa erzählt noch einmal, diesmal aber etwas geordneter, was sich im Schlosshof zugetragen hat. Vater Andreas sieht seiner Frau ins Gesicht. »Ich habe ja schon immer gesagt: Der Gerichtsrat und seine Sippe, das sind niederträchtige Schufte.«

»Wie kannst du so etwas behaupten, Vater?«, meint Mutter Agnes besorgt. »Das darf niemand hören. Denk dran, dass der

Gerichtsrat ein mächtiger Mann in unserem Land ist. Und außerdem wird er der Erbe des Schlosses und des gesamten großen Besitzes sein, weil Baron Maximilian ohne Erben ist.«

»Das macht mir ja gerade so große Sorgen! Wenn der oder gar sein Sohn erst hier gebieten, dann hat niemand mehr etwas zu lachen.«

»Jetzt müssten wir die blaue Blume haben, die alle Wunden heilt und die Felsen zerteilt, nicht wahr, Mutter? Dann könnten wir dem Max seine gespaltene Augenbraue sofort wieder heil machen.«

»Was redest du denn da für merkwürdiges Zeug, Louisa«, wundert sich Max. »Was ist denn das für eine blaue Blume?«

»Das ist überhaupt kein merkwürdiges Zeug. Vater hat davon schon manchmal erzählt.« Sie wendet sich an Vater Andreas: »Bitte, Vater Andreas, erzählt die Geschichte von dem Schäfer und der blauen Blume. Der Max glaubt mir sonst nicht.«

»Ach nein«, wehrt der Köhler ab, »du kennst die alte Geschichte doch. Warum sollte ich sie dir noch einmal erzählen?«

»Weil der Max sie noch nicht kennt!«

»Ich kann mir nicht vorstellen, dass es ihm nach einer alten Geschichte zumute ist.«

»Freilich ist ihm danach zumute, Vater! Stimmt es, Max?«

»Ja«, sagt Max lächelnd. »Ich möchte die Geschichte von der merkwürdigen blauen Blume gerne hören.«

»Tatsächlich?«

»Erzähl nur diese schöne Geschichte, Vater. Sie kann Max ein wenig ablenken von dem, was er erlebt hat.« Mutter Agnes nickt ihrem Gatten ermunternd zu.

»Nun denn, so hört! Vor vielen, vielen Jahren trieb an einem schönen Frühlingsmorgen ein junger Schäfer seine Schafherde auf die Weide. Er hatte die Wiese unter den Felsen drüben an der Lahn ausgewählt. Dort wollte er die Tiere grasen lassen.

Seine kleine Tochter hatte er an der Hand, in der Rocktasche einen Apfel noch vom letzten Jahr, der sich den Winter über gehalten hatte. Unterwegs bewunderte er am Wegrand eine seltene Blume mit tiefblauer Farbe. So eine Blume hatte er noch niemals gesehen. Also pflückte er sie ab und steckte sie unter das Band seines Hutes. Nach einiger Zeit kam er mit den Schafen zu der Wiese unterhalb des Felsens. Er musste mehrmals hinsehen, denn – da hinten war eine Höhle im Felsen. Ein großer Gang, von dem er bisher noch nie etwas bemerkt hatte. Neugierig ging er näher an den Höhleneingang heran und spähte hinein. In der Tiefe der Höhle glomm ein geheimnisvolles Licht. Das wollte er erkunden, denn er war ein mutiger Mann, und ein wenig neugierig war er auch.«

»Gefällt dir die Geschichte, Max?«, will Louisa wissen. Max nickt.

»Seinem Kind, das ein wenig furchtsam war, gab er den Apfel in die Hand, nahm es auf den Arm, pfiff dem Hund, dass er die Herde bewache, und lief nun vorsichtig in die Höhle hinein. Mit jedem Schritt näherte er sich einem geheimnisvollen blauen Licht. Zuletzt kam er in einen blau erleuchteten Saal, in dem ein uralter Mann an einem steinernen Tisch saß. Der Bart des Alten reichte bis zum Boden der Höhle. Der Alte winkte ihm freundlich zu, er möge näher treten, und sagte: ›Schau auf die Schätze zu meinen Füßen! Nimm dir davon, so viel du tragen kannst! Sie gehören dir.‹ Der Schäfer erkannte eine große Menge von Goldstücken und goldenem Gerät und Geschmeide. ›Das soll ich geschenkt haben?‹, fragte er ungläubig, doch der Alte sagte: ›Mein Wort gilt. Was du aus dieser Höhle tragen kannst, das sei dein eigen.‹ Nun kam es über den jungen Mann wie ein Rausch. Er setzte sein Kind auf den Boden, zog sich seine Jacke aus, machte daraus eine Art Sack und warf mit vollen Händen Goldstücke und Goldgeräte hinein. Er hatte schon viel zusammengelesen, da sagte der Alte: ›Nun musst du die Höhle verlassen, denn sie steht immer nur für eine Viertelstunde offen. Spute dich und vergiss das Beste nicht!‹ Er raffte den behelfsmäßigen Sack zusammen und rief: ›Das Beste hab ich doch!‹ Eilig stürmte er aus der Höhle.«

»Halt!«, ruft Max da aufgeregt. »Ihr habt es ja so erzählt, als hätte er das Kind vergessen.«

»Ja«, sagt Vater Andreas, »genau das hat er getan. Als er draußen vor der Höhle war und sie sich mit einem lauten Krach wieder geschlossen hatte, da merkte er, dass er sein Kind nicht bei sich hatte. Er hatte es in der Höhle sitzen lassen. Er wandte sich um, suchte den Felsen ab, trommelte gar mit den Fäusten darauf, aber nichts geschah. Der Felsen blieb, wie er war.

Schweren Herzens machte er sich auf den Heimweg. Seine Frau hatte keine Freude an dem vielen Gold, denn sie jammerte um ihr Kind und machte ihm Vorwürfe.«

»Ich glaube, meine Mutter hätte das ebenso gemacht«, sagt Max.

»Überall fragte der Schäfer nun die Leute, ob sie etwas von der Höhle wüssten, aber niemand hatte je davon gehört. Endlich konnte eine steinalte Frau ihm Auskunft erteilen. ›Die Höhle öffnet sich alle sieben Jahre‹, erklärte sie ihn. ›Aber auch nur dann, wenn man die blaue Blume bei sich hat. Ihr habt die blaue Blume an den Hut gesteckt und das hat Euch die Höhle geöffnet, denn die Blume kann Felsen sprengen und Wunden heilen. Geht genau sieben Jahre nach dem Tag, als ihr die Höhle geöffnet fandet, wieder zu dem Felsen und schaut, ob die blaue Blume wieder am Wegrand steht. Denn sie blüht ebenfalls nur alle sieben Jahre. Pflückt sie ab, steckt sie unter Euer Hutband und nähert Euch dann dem Felsen! Ihr werdet ihn offen finden.‹

Ungeduldig wartete der Schäfer die sieben Jahre ab, die ihm unendlich lang vorkamen. Endlich war der Tag gekommen. Der Mann lief den Weg zum Felsen entlang und fand wieder die blaue Blume am Wegrand. Er riss sie ab und stopfte sie unter das Hutband. Tatsächlich, die Höhle stand geöffnet. Er stürmte hinein, direkt auf den Alten zu. Sein Kind saß da, wo er es hingesetzt hatte, und hielt noch immer den Apfel in der Hand, als ob die Zeit in dem Berg stillgestanden hätte. Der Alte wies wieder auf den Haufen Gold hin, aber der Schäfer hörte sich gar nicht an, was er zu sagen hatte, sondern ergriff sein Kind, hob es auf den Arm und rannte mit ihm aus dem Berg. Für das Gold hatte er gar keinen Blick mehr.«

Als Vater Andreas geendet hat, schweigen alle. Selbst die muntere Louisa kann keine Worte finden.

Max denkt: »Mein Vater hätte sich wohl nicht so um mich gesorgt. Ihm wäre das viele Gold sicher lieber gewesen.«

Nächtliches Gespräch

Max ist noch nicht ins Dorf zurückgekehrt, da hat es sich schon herumgesprochen, dass der Baron ihm eine Silbermünze geschenkt hat. Auf dem Heimweg durch die Dorfgasse kommen viele Kinder, aber auch Erwachsene, und wollen das Geldstück sehen.

»Woher wisst ihr denn schon davon?«, fragt Max erstaunt einige Kinder.

»Die Trine, die im Schloss arbeitet, hat es beobachtet und gleich überall davon erzählt.« So eine wertvolle Münze hat hier noch niemand gesehen. Sogar die Elsewitt weiß schon vom Geldsegen ihres Sohnes.

»Gib mir die Münze, Max!«, schlägt sie vor. »Ich will sie für dich aufbewahren. Du kannst sie vielleicht noch gut gebrauchen.«

Nach der Wunde über dem Auge schaut sie kaum. »Wenn Mutter Agnes sich damit befasst hat, dann brauche ich mir keine Sorgen mehr zu machen«, meint sie erleichtert. Zwar ist die Schwellung noch vorhanden, aber es blutet nicht mehr.

Max legt sich früh schlafen. Aber merkwürdig, richtig fest einschlafen kann er nicht. So schließt er die Augen und träumt vor sich hin. Warum hat der alte Baron ihn so merkwürdig angesehen? Warum wollte er, dass Max ihn noch einmal besucht? Mit dem festen Vorsatz, am nächsten Tag den alten Herrn aufzusuchen, schläft er schließlich ein.

Plötzlich wird er geweckt. Der große Hund Sultan, der neben ihm gelegen hat, wedelt mit dem Schwanz und fährt ihm dabei immer durchs Gesicht. Max rührt sich nicht. Offenbar ist der Vater nach Hause gekommen, daher also die Freude des Hundes.

Der Löffelkaspar hat eine klare und deutliche Stimme, er ist also nicht betrunken. »Schläft der Junge?«, fragt er die Elsewitt und diese bejaht in der festen Überzeugung, dass Max wirklich schläft. Jetzt ist seine Neugierde geweckt. Natürlich stellt er sich schlafend, aber zugleich lauscht er angestrengt, damit ihm kein Wort entgeht.

»Es ist ein Kreuz mit dem Buben«, sagt der Löffelkaspar. »Aber der Alte muss Lunte gerochen haben, als er Max gesehen hat. Der Gerichtsrat hat schon nach mir geschickt und mich mahnen lassen. Da steckt das Geheimnis. Wer weiß, ob ich nicht recht behalte. Jedenfalls müssen wir gleich morgen früh fort. Wir brechen bei Tagesanbruch auf!«

Die Elsewitt nickt. »Natürlich gehen wir dann.«

Max kann seine Aufregung kaum verbergen. Was hat das alles zu bedeuten? Der ›Alte‹ sollte doch wohl der Baron sein. Aber warum könnte der Lunte gerochen haben? Was gab es da für ein Geheimnis?

»Sag mal, Kaspar, wofür hast du eigentlich die Holzkohle gebraucht, die Max vom Köhler holen musste?«, fragt Elsewitt unvermittelt.

»Ich habe dir doch gesagt, das sind Männerangelegenheiten.«

»Sag es mir trotzdem!«

»Nichts einfacher als das. Der rote Henner und der Fisch-Jakob haben einiges Silbergeschirr gehabt, ich weiß nicht woher. Will ich auch nicht wissen.«

»Ehrlich erworben ist es bestimmt nicht.«

»Ja darum. Sie konnten das Silberzeug nirgendwo verkaufen, denn damit hätten sie sich ja selbst verraten. Da musste ich es ihnen einschmelzen. Mit der Holzkohle! Den kleinen Silberbarren sieht man es nicht an, auf welches Herren Tisch sie einst als Tafelgeschirr geprunkt haben.«

»Aber Kaspar, du hast doch versprechen müssen ...«

»Du hast doch versprechen müssen! Natürlich habe ich versprechen müssen. Aber du weißt selbst, dass die Zeiten teuer sind. Vor allem in diesem Hungerjahr.«

»Ich habe Angst um dich, Kaspar!«

»Du wirst gleich noch mehr Angst um mich haben, wenn ich dir erzähle, dass der Graue wieder da ist. Er hat mich besucht.«

Max weiß, wer gemeint ist. Der Graue ist ein hagerer Mann mit vollen grauen Haaren und eiskalten, hellblauen Augen. Mit diesen Augen kann er einen so zwingend und herrisch ansehen, dass man seinem Blick nicht standhält. Max hat mehrfach gesehen, dass der Vater vor dem Blick des Grauen klein beigab. Auch die Mutter hat oftmals gesagt: »Der Graue kann mehr als Brot essen.«

»Was will er von dir, Kaspar?«

»Nun, was wird er schon wollen? Er sagt, ich müsste mithelfen beim Geldmachen. Es verstünde keiner die Mischung der Metalle so gut wie ich und keiner hätte eine so feste Hand am Prägstock.«

»Das wird schon so sein«, bestätigt Elsewitt nicht ohne Stolz.

»Der Graue sagt, er könne Hunderte haben, die mitmachen wollten, aber er wolle bei der Sache keine Pfuscher haben, er wolle feine Arbeit. Er habe seine Stempel und gutes Metall. Wenn ich die Sache übernehme, will er sich dafür verbürgen, dass die gewöhnlichen Spürnasen nichts entdecken können. Außerdem will er mir ein erkleckliches Sümmchen zu meinem Gewinnanteil auszahlen.«

»Und was hast du ihm geantwortet?«

»Ich sagte ihm, mein Leben sei mir lieber als alles Geld, und ein gebranntes Kind scheue das Feuer. Und wenn einer wie ich schon einmal den Strick um den Hals gehabt hätte, bliebe er an dieser Stelle verdammt kitzlig.«

»Das war gut geantwortet.«

»Meinst du? Er sagte, heute würde niemand mehr wegen Falschmünzerei gehenkt, sondern man käme ins Zuchthaus. Ich sagte ihm, dass mir das aber auch nicht gefiele. Ich hätte da so meine eigenen Gedanken. Ich zöge lieber in Gottes freier Natur herum als hinter dicken Gitterstäben zu sitzen und mir das Herz aus dem Leib zu schmachten.«

»Das stimmt!«

»Jedenfalls sah er mich mit seinen stechenden Augen so drohend an, dass ich richtig Angst bekam. Er befahl mir, ich solle nichts mehr trinken und mir die Sache noch einmal überlegen.«

Max hat sich kein Wort entgehen lassen.

»Und was willst du jetzt tun?«, fragt Elsewitt.

»Das wollte ich gerade mit dir besprechen, Frau«, antwortet der Löffelkaspar. »Was sagst du denn zu diesem Ansinnen?«

»Du hast doch immer alles gemacht wie du es für richtig befunden hast. Warum fragst du mich diesmal?«

»Na ja, ich dachte, es wäre dir nicht gleichgültig.«

»Wenn du wirklich meine Meinung hören willst, dann halte dich von dem Grauen fern. Es hat dich beim ersten Mal schon fast den Kopf gekostet. Beim nächsten Mal wird es auch nicht gut gehen.«

»Meinst du?«

»Von dem Grauen kommt nichts Gutes. Seine Augen sprechen keine gute Sprache.«

»Und trotzdem, wenn du darüber nachdenkst ...«

»Worüber?«

»Wenn wir mehr hätten ...«, er macht die typische Bewegung des Geldzählens, »dann müsste ich vielleicht nicht mehr herumziehen und Zinn gießen.«

»Aber wir hatten doch unser Auskommen.«

»Freilich, aber dann ... dann könnten wir vielleicht auch ein eigenes Häuschen haben.«

Elsewitt wird plötzlich ganz aufgeregt. »Was sagst du? Ein eigenes Häuschen? Weißt du, dass ich mir das schon mein ganzes Leben lang wünsche? Du weißt, ich bin ein Bettelkind und immer nur herumgezogen. Es muss wunderschön sein, ein eigenes kleines Anwesen zu bewirtschaften.«

»Wenn ich ganz mit dem Grauen zusammenarbeite, dann lässt sich so etwas vielleicht einrichten.«

»Meinst du wirklich, Kaspar?«

»Ja freilich.«

»Und dann, Kaspar, könntest du mich doch endlich auch zu deiner ehrlichen Ehefrau machen.«

»Fängst du schon wieder damit an?«

»Wenn du wüsstest, wie das ist, wenn einem die Leute hintennach sehen und heimlich mit den Fingern auf einen zeigen! Ich möchte, dass meine Kinder einen ehrlichen Namen haben. Was soll denn aus den armen Würmern werden, wenn sie nicht einmal einen ehrlichen Namen führen dürfen?«

»Das kommt dann alles, wenn wir ein eigenes Häuschen haben. Erst dann kann ich dort bei der Gemeinde den Antrag auf Zulassung zur Verheiratung stellen.«

»Und ohne dass du mit dem Grauen gehst, kannst du das nicht erreichen?«

»Nein, das ist sicher. Wenn du Haus und Hof haben willst, dann können wir es nicht durch das bisschen Löffelgießerei. Dann muss ich Geld machen. Und damit ist es auch entschieden. Ich gebe dem Grauen noch heute Nacht meine Zusage.«

»Nun ja! Dann gib meinetwegen dem Grauen Nachricht, dass du sein Angebot annehmen willst.«

Der Umzug

Beim ersten Hahnenschrei am nächsten Morgen sind der Löffelkaspar und Elsewitt schon auf den Beinen. Max erinnert sich daran, dass der Vater davon gesprochen hat, die Gegend zu verlassen. Als er sich den Schlaf aus den Augen reibt, fällt ihm ein, dass er ja vorher noch beim alten Baron vorbeigehen will.

»Vater«, redet er den Löffelkaspar an, »der alte Baron vom Schloss hat gestern zu mir gesagt, ich solle heute noch einmal zu ihm kommen. Er will mich näher kennenlernen.«

»Das tät grad noch fehlen! Vergiss den Alten! Und mach, dass wir vorankommen!«

Max weiß, dass er nicht noch einmal bitten darf, wenn er keine Schläge bekommen will. Also zieht er gehorsam den Wagen und nimmt in Gedanken Abschied von dem alten Baron, der so freundlich zu ihm gewesen ist.

Abschied zu nehmen gilt es nun auch vom sonnigen Lahntal, denn es geht hinauf in den rauen Westerwald. Zwei volle Tage dauert die Reise, bis sie in ein abgelegenes Dörfchen kommen. Hier wird haltgemacht. Während drunten im Lahntal schon alles in heller Frühlingsblütenpracht steht, ist hier oben erst der letzte Schnee getaut. Reste davon finden sich sogar noch zwischen den Basaltblöcken, die in einer wallartigen Anhäufung das kleine Dorf gegen die verheerenden Nordstürme schützen. Das Winterfeuer ist hier noch nirgendwo erloschen, und überall spalten die Leute das übliche Brennmaterial, die Braunkohle.

Die Wiesen und weiten Weideflächen sind schon mit jungem Grün bedeckt. Sie sähen sicherlich wunderschön aus, wenn nur manchmal ein Baum oder ein Busch die Einförmigkeit unterbrochen hätte. Aber so besteht die ganze Gegend nur aus endlosen Flächen und Abhängen, aus denen hier und da riesige schwarze Basaltsteine hervorragen. Es sieht fast aus, als hätte vorzeiten ein Riese in einem löcherigen Sack Steine über das Gebirge getragen, und bei seinem Gang sei ihm hier und dort immer wieder einer aus dem Sack gefallen.

Genauso ärmlich und verloren und weit zerstreut sehen auch die Häuser des Dorfes aus. Sie haben mächtige Strohdächer, die bis auf den Boden reichen. Von Weitem gleichen sie großen Strohhaufen.

Als der Zinngießer und die Seinen das Dorf erreicht haben, tritt aus einem Haus ein Mann. Er winkt dem Löffelkaspar und ruft: »Ihr seid gewiss der Löffelkaspar. Ich habe Euch schon erwartet. Kommt her auf diese Seite! Dort drüben ist das Haus, das ihr bewohnen sollt. Es steht zwar schon einige Zeit leer, aber es ist nicht baufällig.«

»Merkwürdig«, sagt der Kaspar zu dem Mann, »woher wisst Ihr, dass ich komme? Und dass ich ein Haus brauche?«

»Fragt nicht! Der Graue sorgt für seine Leute. Er weiß, was er an Euch hat. Er braucht Euch und stellt Euch deswegen dieses Haus zur Wohnung bereit. Er hat das Verfügungsrecht darüber.«

Die Elsewitt traut ihren Augen nicht. In so einem schönen Haus soll sie nun mit ihrer Familie wohnen? Unfassbar! Wenn man die Haustür öffnet, kommt man direkt in die Küche; dahinter liegt der Viehstall. Seitlich führt eine Treppe ins obere Geschoss, wo sich drei kleine Schlafräume befinden. Unter der Treppe wohnen hinter einem Verschlag normalerweise die Hühner, die zu ihrem Stall einen Zugang von außen haben. Wie praktisch: Man braucht nur eine kleine Tür unter der Treppe zu öffnen, und schon kann man die Eier zur Verarbeitung in die Küche holen.

Die notwendigste Einrichtung des Hauses, der Küchenherd,

ist natürlich ebenfalls vorhanden. Über der Feuerstelle leitet ein gemauerter Kamin den aufsteigenden Rauch nach oben ab. Links und rechts sind im Rauchfang Haken angebracht. Hier wird die Elsewitt später Würste, Schinken und Speckseiten aufbewahren, wenn sie erst einmal ein Schwein gemästet und geschlachtet haben. Ein Dreibein, ein Eisengestell mit drei Stangen, die oben zusammenlaufen, steht über der Feuerstelle. Hier hängt der große eiserne Kessel an einer Kette, die man je nach Bedarf verlängern oder verkürzen kann. Sonst gibt es in der Küche einen Gossenstein, das ist eine steinerne Rinne, die durch die Hauswand das verbrauchte Wasser nach draußen leitet. Das frische Wasser müssen sie sich vom Dorfbrunnen holen. Dafür stehen zwei hölzerne Eimer und ein Eimertragejoch bereit, das man sich über die Schulter legt. Man kann damit bequem links und rechts einen gefüllten Wassereimer nach Hause tragen.

Zum Sitzen gibt es zwei grob zugehauene Bänke und einen breiten hölzernen Tisch, in den flache Vertiefungen eingeschnitzt sind. Dort hinein wird die Suppe geschöpft, wenn alle am Tisch sitzen, und am Ende werden die Vertiefungen mit Brot ausgewischt. Wenn dann immer noch Speisereste hängen geblieben sind, muss die Tischplatte mit einem Tuch gereinigt werden. An der Wand steht die Schüsselbank. Das ist ein großes, ganz flaches Regal, das allen Tellern und Schüsseln Platz bietet. Allerdings werden die Teller dort nicht übereinander gestapelt, sondern nach dem Abspülen aufrecht zum Trocknen hingestellt. Eine Holzleiste in halber Höhe verhindert ein Abrutschen des Geschirrs.

Allerdings ist die Schüsselbank noch leer, und auch der danebenstehende Korb enthält keine Löffel und Messer. Elsewitt bittet daher ihren Mann, für Zinngeschirr und Bestecke zu sorgen. Der Löffelkaspar macht sich am nächsten Tag an die Arbeit. Woher er das Zinn für die Gegenstände nimmt, fragt Elsewitt nicht.

Die drei kleinen Schlafkammern enthalten nichts als auf dem Boden durch grobe Balken eingerahmte Bettstellen. Hier müssen Strohsäcke hineingelegt werden, damit man bequem schlafen kann.

In den nächsten Tagen arbeitet Elsewitt vom Morgen bis zum Abend, um das Haus wohnlich einzurichten. Sie kann genügend Strohsäcke erwerben, sodass die Familie nicht auf dem harten Boden nächtigen muss. Jeder besitzt außerdem eine raue Pferdedecke, mit der er sich zudecken kann. Der Löffelkaspar gibt seiner Frau etwas Geld, von dem sie eine Ziege und Hühner kaufen kann. Am Ende reicht es sogar noch für ein Ferkel, das sie in den nächsten Monaten mästen will.

Kaum ist die Einrichtung des Hauses abgeschlossen, da macht sie sich an den verwilderten Garten rings um das Haus. Sie gräbt und jätet unverdrossen, bis das Land wieder urbar geworden ist. Dann pflanzt sie Küchenkräuter, Kohl, Salat, Erbsen und Bohnen. Hinter dem Haus legt Elsewitt schließlich noch ein Kartoffelfeld an. Andere Gemüsesorten werden wohl in dem rauen Klima nicht gedeihen.

Ihr arbeitsames Leben wird eines Tages kurz unterbrochen, als ein großer Mann vor dem Häuschen steht. Elsewitt schaut ihn erst entgeistert an, dann erkennt sie ihn. Es ist ihr älterer Bruder, der schon lange Jahre als Lohnkutscher durch die Lande fährt.

»Schorsch«, ruft sie erstaunt, »wo kommst du her? Und wie hast du herausgefunden, wo ich jetzt wohne.«

»Das ist nicht schwer, liebe Schwester. Wo der Löffelkaspar zu finden ist, das weiß doch jeder hier in der Gegend. Ich wohne zurzeit in Weilburg. Und da ich wegen meines Auges einige Tage nicht Kutsche fahren kann, bin ich hierher zu dir gekommen.«

Elsewitt blickt dem Bruder forschend ins Gesicht. Erst jetzt bemerkt sie, dass sein linkes Auge gerötet und dick angeschwollen ist. »Du musst dein Auge mit Tee von Augentrost waschen«, meint sie sofort.

»Das weiß ich. Deswegen habe ich mir aus der Apotheke getrocknete Augentrostblätter mitgebracht. Wenn du mir davon einen Sud machst, kann ich bald mit den Augenbädern beginnen.«

Elsewitt ist froh über den Besuch des Bruders, der einst an ihr Vaterstelle vertreten hat, als sie noch ein Kind war. Schorsch bewundert zuerst ihre Kinder, dann ihr »Anwesen«, die Hühner und das Schwein. Er erzählt von seinen Erlebnissen als Kutscher. Manche Geschichten sind so haarsträubend, dass Elsewitt sie gar nicht hören mag. Nach einigen Tagen – das Auge ist inzwischen wieder gesund – kehrt Schorsch nach Weilburg zurück.

Der Kaspar gibt Elsewitt Geld für alles, was sie benötigt, obwohl alles sehr teuer geworden ist. Sie ahnt, woher das Geld stammt, fragt aber nicht. Ansonsten ist der Löffelkaspar selten zu Hause. Im Dorf hat er schnell mit den Männern im Wirtshaus Bekanntschaft geschlossen. Immer wieder einmal wird er gefragt, wo und was er denn arbeite, da er doch immer über Geld verfüge. Dann lacht er und sagt: »Ja, die Zinngießerei ist doch ein ehrbares Handwerk. Ich muss dem Grafen Westerburg sein sämtliches Zinn umschmelzen. Und ich habe einen schönen Verdienst daran. Da muss ich natürlich längere Zeit außer Haus sein.«

Seine Zuhörer glauben ihm, was er sagt. »Das ist ein berühmter Mann, vor dem man Respekt haben kann«, flüstern sie sich gegenseitig zu.

Max ist froh darüber, dass es der Mutter in der neuen Umgebung so gut gefällt. Sogar ihrem Hund Sultan scheint es auf dem hohen Westerwald gut zu gehen. Schnell hat er sich daran gewöhnt, nicht mehr ein »Zugtier«, sondern ein Hofhund zu sein. Er genießt es, in der Frühlingssonne zu liegen und den Hühnern in ihrem Pferch beim Scharren zuzuschauen.

Wenn Max dann den Vater von seiner Arbeit beim nicht sonderlich weit entfernt wohnenden Grafen Westerburg reden hört, dann macht er sich seine eigenen Gedanken dazu. Er weiß, dass der Löffelkaspar ein ›Geldmacher‹ geworden ist. Ein bisschen bewundert er ihn deswegen. Ist es nicht klug, sich Geld zu machen, wenn man sonst keines verdienen kann? Mit Geld kann man schließlich alles kaufen.

An der Lahn

»Wann fahren wir denn hinunter an den Fluss, Vater?«, fragt Louisa ungeduldig. Vater Andreas antwortet: »Geduld, mein Kind, heute Abend erst wird der Kahn unten anlegen. Und bevor er nicht angekommen ist, brauchen wir nicht unten zu sein.«

»Ich freue mich aber schon so. Das macht so viel Spaß, wenn ich auf dem Wagen sitzen kann.«

»Ich habe nichts dagegen, wenn du dich auf die Kohlen setzt, Louisa. Aber nur bergab! Nachher, wenn wir zurückkehren, musst du laufen. Bergauf bist zu mir zu schwer.«

»Woher wisst Ihr denn, Vater, wann das Schiff unten ankommt?«

»Ach, das weiß man eben, wenn man hier an der Lahn wohnt. Die Treidler, das sind die Männer, die das Schiff vom Land aus ziehen, müssen doch abends irgendwo übernachten, wenn es dunkel wird. Die Gasthäuser liegen so weit auseinander, dass die Männer jeweils abends das nächste erreichen können.«

»Dann müssen sie nicht draußen schlafen.«

»Richtig! Heute Abend müssen wir deshalb am Wirtshaus sein. Dann können wir noch die Kohlen auf das Schiff bringen.«

»Und wozu brauchen die Männer Kohlen auf dem Schiff?«

»Die Männer auf dem Kahn brauchen die Kohlen gar nicht.

Sie nehmen sie mit flussabwärts. Irgendwann mündet die Lahn in den Rhein. Und dann laden sie sie um oder sie fahren auch noch ein Stück rheinabwärts bis in die Nähe der großen Stadt Köln. Dort werden die Kohlen gebraucht.«

»Hm, eine lange Reise. Und ich freue mich schon auf unsere Reise bis unten an den Fluss.«

Am späten Nachmittag bricht Vater Andreas auf. Louisa hat sich oben auf den Wagen gesetzt, den der Köhler vor sich herschiebt. Zunächst neigt sich der Weg nur sanft. Dann wird die Neigung zum Fluss stärker, sodass Vater Andreas den Bracken, so heißt der Bremsklotz, ein wenig anziehen muss. Am Wirtshaus angekommen, klettert Louisa vom Wagen herunter und rennt zum Landungssteg.

»Der Kahn ist ja noch gar nicht da«, ruft sie enttäuscht.

»Der muss bald kommen, Louisa«, sagt der Köhler. »Wir warten ein wenig.«

Aufmerksam späht Louisa flussaufwärts. Da kommt etwas höchst Seltsamen auf dem Fluss angeschwommen. Zuerst sieht es aus, als ob dort Männer über dem Wasser schweben. Aber dann sieht man, dass diese Männer auf langen Baumstämmen stehen, die im Wasser treiben.

Sie haben einen langen, dünnen Stab in der Hand, an dem vorne einige Haken sind.

»Vater«, ruft sie aufgeregt. »Ist das der Kahn, mit dem unsere Kohlen auf die Reise gehen sollen?«

Der Vater lacht. »Nein, das sind Flößer.«

»Flößer? Was machen die denn mitten im Wasser?«

»Die Männer haben viele Baumstämme im Wasser zusammengebunden und lassen sie nun langsam flussabwärts treiben. Mit ihren langen Stangen sorgen sie dafür, dass die Stämme immer schön in der Mitte des Flusses schwimmen und nicht irgendwo am Ufer hängen bleiben.«

»Und wo wollen sie damit hin?«

»Weißt du, weit unten, wo der Rhein sich schon in verschiedene Arme geteilt hat, da liegen die reichen Niederlande. Dort gibt es wenig Holz, und die Leute sind froh, wenn sie hier aus der Lahngegend gutes Eichen- und Buchenholz bekommen können. Sie brauchen das Holz, wenn sie Häuser oder Schiffe bauen wollen. Und sie zahlen gut dafür.«

Langsam haben die Holzflöße sich genähert. Gespannt beobachten Louisa, Vater Andreas und auch die beiden kleinen Töchter der jungen Wirtsleute, wie die Flößer ihre »Fahrzeuge« an Land lenken und knapp unterhalb des Landungssteges an Holzpflöcken vertäuen.

Die drei Holzflöße ragen jetzt nur mit der flussabwärts liegenden Seite ein Stück weit in den Fluss hinein.

Einer der Flößer ist mit Vater Andreas bekannt. »Gott zum Gruß, Vater Andreas«, ruft er ihm leutselig entgegen. »Ihr werdet auch niemals älter.«

»Daran ist dieser kleine Wildfang schuld«, lacht der Köhler und zeigt auf Louisa.

»Ist das die Kleine, die Euch damals ins Haus geschneit ist?« Vater Andreas nickt, legt dann aber den Finger auf den Mund, um dem Frager zu bedeuten, er möge schweigen. Dieser aber scheint die Geste nicht verstanden zu haben. Unverblümt fragt er weiter: »Wisst Ihr denn inzwischen, woher die Kleine stammt? Irgendwo müssen ihre Eltern doch stecken!«

Louisa kann sich keinen Reim auf das machen, was der Fremde in ihrem Beisein gesagt hat. Vater Andreas lenkt sie ab. »Hast du schon mal ein solches Floß gesehen?«, fragt er sie. »Und hast du beobachtet, wie die Männer darauf stehen? Schau es dir nur mal aus der Nähe an!«

»Das muss Spaß machen, auf den Baumstämmen zu laufen«, sagt Louisa zu der Tochter der Wirtsleute, nachdem sie sich das erste Floß angesehen hat.

»Ich bin manchmal heimlich auf die Flöße gegangen. Nachher, wenn die Männer in der Wirtsstube sind, zeige ich dir, wie man am besten auf den Stämmen läuft. Man muss immer genau auf die höchste Stelle treten und dabei den Fuß stark zur Seite drehen ... so ...«

Die Kleine zeigt Louisa, wie sie es den Flößern abgeguckt hat. Dabei läuft sie auf das erste Floß. Louisa folgt ihr. Es macht riesigen Spaß. Weil die Stämme nämlich im Wasser wippen, wenn man an einer Stelle immer wieder hochspringt. Louisa spielt dieses Spiel mit der Kleinen eine Zeitlang. Die beiden Mädchen merken nicht, dass sie sich dabei immer mehr dem Rand des Floßes nähern. Plötzlich – ein Schrei – die Tochter der Wirtsleute ist seitlich abgerutscht, nach hinten gestürzt und ins Wasser gefallen. Das Kind treibt schreiend einige Meter flussabwärts. Louisa, vor Schreck ebenfalls um Hilfe schreiend, hat eine der langen Stangen entdeckt, mit der die Flößer ihre Fahrzeuge dirigieren. Diese Stange liegt zwischen den aneinandergebundenen Stämmen. Sie ergreift sie, kann sie aber kaum hochheben, weil sie zu schwer ist. So schiebt sie die Stange über den Rand des Floßes hinaus auf das im Wasser treibende Kind zu. Die Kleine kann sich am Haken festhalten. Nun hat aber Louisa kaum noch Gewalt über die Stange mit dem Gewicht des Kindes daran. Immer weiter wird sie an den Rand des Floßes gezogen. Sie muss aufpassen, dass sie nicht selbst ins Wasser fällt. Aus Leibeskräften ruft sie um Hilfe.

»Vater! Hilfe! Hilfe! Zu Hilfe!!!«

Der Vater stürzt aus dem Wirtshaus, gefolgt von einigen Männern. Mit langen Schritten eilt er ans Ufer. Als er auf das Floß springt, stürzt gerade Louisa auf der anderen Seite ins Wasser. Andreas springt neben ihr in den Fluss und stellt fest, dass er hier noch gerade im Wasser stehen kann. Er packt Louisa und hebt sie auf das Floß. Dann schwimmt er flussabwärts, um die Tochter der Wirtsleute zu holen, die langsam weiter in der Strömung treibt und in Todesangst wild mit den Armen um sich schlägt. Schließlich bekommt er das Mädchen an den Kleidern zu fassen und kann sich langsam mit der Kleinen zum Ufer hinarbeiten, wo die Flößer beide an Land ziehen.

»Eure Hakenstange ist verloren gegangen«, versucht Vater Andreas zu scherzen.

»Macht Euch keine Gedanken«, sagt einer der Flößer. »Die ist aus Holz und kann schwimmen. An der nächsten Flussbiegung bleibt sie hängen und wartet auf uns.«

Die Wirtin packt ihr Töchterchen sogleich ins Bett und legt ihm einen in Tücher eingewickelten heißen Ziegelstein an die Füße, damit es nicht krank wird. Nachdem Louisa ihre nassen Kleider ausgezogen hat, bekommt sie Wolldecken umgehängt und darf sich am Ofen in der Wirtsstube aufwärmen.

Vater Andreas will seine durchnässte Kleidung nicht ausziehen. »Das bisschen trocknet am Balg«, sagt er lachend und setzt sich ebenfalls an den Ofen. Einige Zeit später kommen die Schiffer im Wirtshaus an. Sie laden die Kohlen auf das Schiff, bezahlen den Köhler und legen sich früh schlafen. Schließlich macht sich Vater Andreas auf den Heimweg. Louisas Kleider sind inzwischen leidlich getrocknet, sodass sie sie überstreifen kann.

»Jetzt musst du feste laufen, damit du nicht frierst«, sagt Vater Andreas zu ihr. Er selbst schreitet auch mit großen Schritten aus, kann aber nicht leugnen, dass es ihn dennoch fröstelt. Beim Atmen stellen sich plötzlich Schmerzen ein, die mit jedem Atemzug schlimmer werden. »Man ist eben keine zwanzig mehr«, denkt er, als er sich mühsam vorwärtsschleppt, während Louisa munter plaudernd neben dem Wagen herläuft. Schließlich bittet er die Kleine sogar, ihm ein wenig beim Schieben zu helfen.

Louisa wundert sich. »Geht es Euch nicht gut, Vater?«, fragt sie teilnahmsvoll.

»Ach, es ist nur eine Kleinigkeit«, sagt Vater Andreas, »das wird bald wieder vorübergehen.«

Aber es geht nicht bald vorüber. Daheim muss er sich sofort ins Bett legen und schwitzen. Mutter Agnes kocht ihm einen heilenden Sud aus Kräutern, aber vergeblich. Das Fieber steigt immer höher, und die Schmerzen beim Atmen werden unerträglich. Einige Tage kämpft Vater Andreas, der nie im Leben eine Krankheit gekannt hat, um sein Leben. Dann steht das starke Herz still.

»Ich bin schuld an Vaters Tod«, ruft Louisa immer wieder tränenüberströmt und streichelt dem Verstorbenen die Wange. »Wenn ich nicht auf das Floß gegangen wäre …«

»Unser gutes Väterchen wäre sehr traurig, wenn es dich so reden hörte, mein Kind«, tröstet sie Mutter Agnes. »Weißt du, was Vater dir gesagt hätte? Er hätte gesagt: Ich bin nun gestorben, weil die von Gott mir gegebene Lebenszeit zu Ende gegangen ist. Niemand ist schuld an meinem Tod. Gott hat bestimmt, dass ich jetzt sterben soll.«

»Meint Ihr wirklich, Mutter, dass Vater so mit mir gesprochen hätte?«

»Ich weiß es ganz sicher«, sagt Mutter Agnes und beginnt zu weinen. Auch Louisa weint.

»Mutter«, sagt Louisa, der plötzlich die Rede des Fremden in den Sinn kommt, und blickt unter Tränen zu ihr auf, »Mutter, unten beim Wirtshaus war ein fremder Mann, der Vater so merkwürdig gefragt hat. Er wollte wissen, ob er inzwischen weiß, wo meine Eltern sind. Das verstehe ich nicht. Ihr und Vater, Ihr seid doch meine Eltern.«

Mutter Agnes hört auf zu weinen. »Ach Kind, ich hätte dich gerne noch im Bewusstsein gelassen, dass du unser Kind bist. Aber angesichts des toten Vaters will ich dir die Wahrheit sagen. Und du sollst es auch nicht von anderen Leuten erfahren. Du bist nicht unser leibliches Kind, Louisa. Fremde Menschen haben dich eines Abends zu uns gebracht und sich dann heimlich fortgestohlen.«

»Nein, Mutter, das ist nicht wahr. Ihr seid die beste Mutter, die ich mir denken kann. Und nun sollt Ihr gar nicht meine Mutter sein?« Louisa schluchzt.

»Mein allerliebstes Kind, nun tröste dich! Wichtig ist es

doch, dass man Eltern hat, die einen von Herzen lieb haben. Und du weißt, dass Vater und ich dich von Herzen lieb gehabt haben.«

»Ja, Mutter, das weiß ich. Ihr seid meine allerbeste Mutter und ich bin Eure Tochter!«

Im Haus des Lehrers

Die Jungen des Dorfes heißen fast alle Adolf, weil das auch der bevorzugte Name der Landesfürsten ist. Max hat schnell mit den Dorfbuben Freundschaft geschlossen. Und er erfährt etwas sehr Aufregendes: Es gibt eine Schule im Dorf.

Elsewitt hat nichts dagegen, dass er die Schule besucht. Max ist glücklich. Die Dorfjungen sagen: »Mit dem Max stimmt es nicht. Der freut sich noch, weil er in die Schule gehen kann. Unsereins wäre froh, wenn es keine Schule gäbe oder wenn man aus irgendeinem Grund nicht hingehen müsste.«

Der erste Erwachsene, den Max näher kennenlernt, ist ein echter Sonderling. Im ganzen Dorf wird er »der Hellseher« genannt. Das ist ein Mann mit düsteren Augen unter überhängenden Brauen, dem die schwarzen Haare in Strähnen über die hagere Stirn hängen. Er kommt auf der Dorfstraße geradewegs auf Max und den Jungen in seiner Begleitung zu und sagt mit hohlem Ton in seinem Dialekt mit einem tiefen Seufzer: »Ich weiß, wie's wird.« Max sieht ihn erstaunt an, aber der Mann schaut nur ins Weite.

Da sagt der Junge geheimnisvoll: »Er weiß was, er hat 'nen Wahrsagergeist.«

»Was ist denn das?«, fragt sich Max, sagt aber nichts, und der andere sagt auch nichts.

Da fängt der Seher an zu reden: »Neulich wurd' ich wach in der Nacht, weil ein ganz helles Licht in die Kammer schien.

Und da sah ich, da stand ein Mann, dem ich gleich ansah, das müßt' ein Engel sein. Und der sagt': ›Steh auf‹, sagt' er, ›und siehe das verhüllte Geheimnis der Zukunft!‹ Und da hielt er mir ein Büchelchen hin, da war alles drin geschriewe, was kommen sollt', und es war so grauenvoll zu lesen, dass mir's heiß und kalt über die Haut lief.«

Der Redner schweigt und sieht wie geistesverloren in die Ferne, als wenn er den »grauenvollen« Eindruck des Geschauten überwinden müsse. Max wartet eine Zeitlang auf die Mitteilung der Offenbarung, aber da er weiter schweigt, fragt er endlich gespannt: »Und was habt Ihr dann in dem Buch gelesen?«

Da kommt der Hellseher wieder zu sich und antwortet: »Es war so klein und scharf gedruckt, dass mir die Auge wehtaten, aber ich hatt' in der Nacht natürlich mein Brill' net bei mir, und als ich mir die suche wollt', da war der Engel verschwunde. So hab' ich's doch net lese könne.«

Max ist ziemlich erstaunt über diese Wendung der Zukunftsgeheimnisse. Schließlich sagt er: »Vielleicht kommt der Engel später noch einmal, wenn Ihr Eure Brill' bei Euch habt.«

Der Seher schaut Max mit durchdringendem Blick an und wendet sich dann seufzend ab.

Als die beiden Jungen sich ein Stück entfernt haben, flüstert der Begleiter von Max: »Der Hanndingel ist im Kopf nicht ganz richtig. Aber im Dorf haben alle ein bisschen Angst vor ihm.«

Der Schulsaal ist groß und hell. Die Wände sind kahl, nur ein Bild des Landesvaters und das Landeswappen zieren den Raum. Außerdem hängt dort ein gerahmter Spruch:

Versuche niemanden nach deinem Bild zu formen.
Gott weiß es und du weißt es auch,
dass einer von deiner Sorte genug ist.
(Rat an den Lehrer)

Die Kinder aus fünf Dörfern treffen hier jeden Morgen ein, um unter der Leitung des Lehrers Zitz das Lesen, Schreiben und Rechnen zu erlernen. Die Kinder aller Klassen sitzen dabei im selben Saal. Herr Zitz ist ein freundlicher Mann von kleiner Statur. Er gebraucht seine Rute nur, wenn er etwa zwei Raufbolde aus den oberen Klassen trennen muss, die ihm teilweise an Körpergröße weit überlegen sind.

Mit Max versteht er sich bald aufs beste. Er merkt, dass der Junge wissbegierig ist und viel lernen will. Auf ein Stück Schiefer kritzelt Max immer wieder die Buchstaben, die er sich zusammen mit den Erstklässlern einprägen muss. Er hat ja so viel nachzuholen. Daheim zeigt er der Elsewitt stolz die Ergebnisse, aber sie wehrt ab: »Ich bin niemals in die Schule gegangen. Lass mich nur mit diesem Kram zufrieden!«

Rechnen macht ihm viel weniger Schwierigkeiten als das Lesen und gar das Schreiben. Denn gerechnet hat er immer schon: mit Löffeln oder Zinntellern, die er bei den Kunden abliefern musste. Schnelle Fortschritte macht er in der Landeskunde und in Geschichte. Wenn Herr Zitz über Wilhelm von Nassau-Oranien erzählt, der im nahen Dillenburg geboren wurde und der die Niederlande von der Herrschaft der Spanier befreite, dann kann er der Mutter daheim alles Wort für Wort erzählen, so gut hat er in der Schule aufgepasst.

»Was bist du doch für ein kluger Bursche«, lobt Elsewitt ihn oftmals.

Als er richtig flüssig lesen gelernt hat, darf Max sich vom Lehrer einige Bücher ausleihen. Da gibt es ein Realienbuch, in dem sich wunderbare und unglaubliche Dinge finden, zum Beispiel merkwürdige Tiere und Menschen in fernen Ländern. Man erfährt darin auch etwas über Berge, die Feuer spucken, über Flüsse, die in tiefe Schluchten stürzen oder Gegenden, in denen es niemals regnet. Und dann hat der Lehrer ein ganz besonderes Buch. Das ist eine Bibel mit Bildern. Da steht alles über Gott und seinen Sohn, den Herrn Jesus, der so gut zu den

Menschen war, den sie aber trotzdem an ein Kreuz nagelten. So ist er gestorben, aber Gott hat ihn nach drei Tagen wieder lebendig gemacht. Staunend liest Max die Geschichten über das Leben von Jesus. Niemals hat er das alles erzählt bekommen. Nun weiß er endlich, was damals in der Kirche unten an der Lahn dargestellt war, als er mit Louisa und Mutter Agnes den Gottesdienst besuchte.

Weil Max häufig in das Haus des Lehrers kommt, entsteht eine richtige Freundschaft zwischen den beiden. Eines Abends wird er sogar zum Essen eingeladen. Der Lehrer und seine Frau haben zwölf Kinder. Max staunt, als die gesamte Familie sich vor dem Abendessen um einen hübsch gedeckten Tisch versammelt. Erst wird vom Lehrer ein Tischgebet gesprochen, dann beginnt die gemeinsame Mahlzeit. Herrn Zitz müssen die fragenden Augen des Jungen aufgefallen sein, denn er erklärt: »Wir wollen nicht vergessen, dass Gott es ist, der uns die guten Gaben gibt. Und wir wollen ihm vor jeder Mahlzeit dafür danken. Einfach über das Essen herzufallen wie ein unvernünftiges Tier, das steht uns Menschen nicht an.«

»Ich habe bisher immer wie ein unvernünftiges Tier meine Mahlzeiten gegessen«, denkt Max. »Aber der Lehrer hat recht. Ich will von jetzt ab vor dem Essen beten.«

Herr Zitz nimmt es ernst mit dem Glauben und versucht daher, den Schülerinnen und Schülern die Inhalte der Bibel und die christliche Glaubenslehre nahezubringen. In den meisten Dorfschulen begnügt man sich damit, den Kindern den Katechismus beizubringen, manchmal regelrecht einzuprügeln. Können sie ihr Pensum aufsagen, dann ist das Ziel erreicht. Bei Herrn Zitz ist das anders. Ihm spüren die Kinder ab, dass sein Glaube echt ist, dass er im Alltag danach lebt. Er hat eine Menge Sprüche aus der Heiligen Schrift zusammengestellt, die er seine »Leibsprüche« nennt. Er versucht sie den Kindern ebenso wertvoll zu machen, wie sie ihm selbst sind.

Einmal erzählt er im Rahmen der religiösen Unterweisung

den Kindern, dass sein Abendgebet aus lauter solchen »Leibsprüchen« bestünde. Max, der seinen Lehrer als den ersten ihm väterlich begegnenden Mann zutiefst verehrt, macht diese Sprüche ebenfalls zu seinem Abendgebet. Der erste Spruch heißt: »Lobe den Herrn, meine Seele, und vergiss nicht, was er dir Gutes getan hat.« Sein zweiter Spruch lautet: »Herr, ich bin nicht wert all der Barmherzigkeit und Treue, die du an deinem Knecht getan hast.« Der dritte: »Vater, ich habe gesündigt im Himmel und vor Dir und bin nicht wert, dass ich Dein Sohn heiße.« Der vierte Leibspruch ist: »Also hat Gott die Welt geliebt, dass er seinen eingeborenen Sohn gab, auf dass alle, die an ihn glauben, nicht verloren werden, sondern das ewige Leben haben.« An der fünften Stelle kommen dann die drei Artikel des apostolischen Glaubensbekenntnisses. Als sechstes erfolgt dann: »Ich glaube, Herr, hilf meinem Unglauben!« Siebtens kommt: »Bleibe bei uns, Herr, denn es will Abend werden und der Tag hat sich geneigt.« Und zuletzt wird das Vaterunser gebetet.

Herr Zitz freut sich über seinen interessierten Schüler. Er lehrt ihn alles, was er selbst weiß, und behandelt ihn schließlich wie ein Glied der Familie.

Da Max zu Hause bei Elsewitt seine Wissbegierde nicht stillen kann, bringt er oft den ganzen Tag »bei Schulmeisters« zu. Er fühlt sich unwillkürlich froh und heimisch bei dieser Familie. Die Frau des Lehrers erscheint ihm wie der verkörperte gute Geist des Hauses. Sie hat ein ganz stilles Wesen und ein freundliches und helles Gesicht, das einen fröhlich macht wie ein sonnig frischer Tag. Ihre Hände ruhen nie, allerdings macht sie nicht viel Lärm bei der Arbeit; man glaubt, bei ihr ginge alles wie von selbst.

Die zwölf Kinder erzieht sie mehr durch ihr Beispiel als durch viele Ermahnungen. Alle wissen immer genau, was sie zu tun haben. Die jüngeren Kinder suchen Futter für die Ziegen und Kühe. Die älteren nähen und stricken für andere Leute oder flechten Drahtsachen, besonders Pfeifendeckel, die an die

Kaufleute in der Stadt geliefert werden. Selbst Herr Zitz fabriziert in seiner Freizeit noch Bienenkörbe.

Max hat immer wieder darüber nachgedacht, dass der Löffelkaspar ein Geldmacher ist. Lange Zeit hat er das für eine vortreffliche Art gehalten, bequem durchs Leben zu kommen. Denn wer sich Geld machen kann, hat keine Not. Der Mutter und den kleinen Schwestern kommt der Überfluss an Geld stets zugute. Der Vater allerdings ist nur noch selten daheim zu sehen. Und wenn er kommt, dann ist er betrunken, schlägt die Mutter und randaliert. Von seinem Versprechen, das er seinerzeit der Elsewitt gegeben hatte, nämlich sie zu seiner rechtmäßigen Ehefrau zu machen, ist er nun wieder weit abgerückt. Max merkt, dass es der Mutter trotz des recht guten Auskommens nicht wirklich gut geht. Ob die Tatsache, dass der Vater sich als Falschmünzer betätigt, etwas damit zu tun hat?

So fasst er sich eines Tages ein Herz und fragt seinen Lehrer, was er von der Falschmünzerei halte. Doch kaum hat er das Wort über seine Lippen gebracht, da steigt in dem kleinen Mann ein unbändiger Zorn auf.

»Falschmünzerei«, schreit er mit der zu der kleinen Gestalt gar nicht passenden mächtigen Stimme, »Falschmünzerei ist die Giftseuche, die hier unsere ganze Gegend verpestet. Der Himmel bewahre dich, dass du ihr nicht in die Krallen fällst. Das ist ein schändliches Verbrechen und die frechste Übertretung von Gottes Gebot: Du sollst nicht stehlen! Der gemeinste Dieb schädigt ja nur Einzelne, aber der Falschmünzer schädigt das ganze Gemeinwesen. Er greift anmaßend in die Rechte der von Gott verordneten Obrigkeit ein und erschüttert das öffentliche Vertrauen.«

Max begreift nicht alles, was der Lehrer sagt. So viel versteht er aber, dass Falschmünzerei jedenfalls ein großes Verbrechen ist. Bang und ängstlich fragt er daher: »Wenn aber jemand weiß, dass irgendwo Falschmünzer an der Arbeit sind, muss der das dann sagen?«

»Freilich«, antwortet rasch der Lehrer, »wenn er nicht selbst ein Spitzbube sein will. Der Hehler ist so gut wie der Stehler.«

Der arglose Herr Zitz ahnt nicht, wie sehr seine Worte Max treffen. Er sieht auch nicht, dass der Junge leichenblass wird und zitternd heimschleicht.

Die Elsewitt aber sieht es sofort und fragt: »Kind, wie siehst du aus? Was ist mit dir?«

Max antwortet: »Lass uns doch wieder als Zinngießen leben, Mutter.«

Die Mutter blickt ihn betroffen an und kann nicht verhindern, dass Tränen in ihre Augen steigen.

»Du hast recht, Max«, sagt sie. »Es wäre wirklich besser, wenn wir wieder Zinngießen würden.«

Die kurze Freude am eigenen Hauswesen ist längst verflogen. Sie kann neben der Gemeinheit und Rohheit des Löffelkaspars nicht bestehen. Er hat nichts von dem gehalten, was er der Elsewitt versprochen hat, als er seine verbrecherische Laufbahn wieder begann. Umsonst hat sie geträumt und gehofft, und sie bereut längst, ihre Zustimmung zur Geldmacherei gegeben zu haben. Sie fühlt sich entsetzlich elend, hat auch keinen Appetit mehr, und so magert sie ab. Nur in ihren Augen brennt das wilde Feuer quälender Gewissensbisse.

Der Löffelkaspar wird von Tag zu Tag wüster. Das wenige Gute, das er noch an sich gehabt hat, seine gute Laune und sein gutherziges, fröhliches Wesen: Alles geht völlig verloren. Wenn er von seinen Zechgelagen heimkommt, ist er mürrisch und misstrauisch und misshandelt die unglückliche Elsewitt.

Schließlich versorgt er sie und die Kinder nicht einmal mehr mit dem nötigsten Geld, obwohl er genug davon besitzt. Er verjubelt es lieber mit seinen zweifelhaften Freunden oder verliert es im Spiel. Elsewitt spart sich das Essen am Munde ab, nur um die Kinder satt zu machen. Dabei darf sie niemandem ihr Herz ausschütten.

Der Lehrer ahnt nicht, was für einen Zwiespalt er mit seinen

Worten in Max ausgelöst hat. Bisher hat der Junge mit der Tatsache, dass der Löffelkaspar Geld macht, recht unbekümmert leben können. Aber nun ... nun weiß er, dass es seine Gewissenspflicht ist, den eigenen Vater zu verraten und als Falschmünzer anzuzeigen. Und dass er mitschuldig wird, wenn er weiterhin schweigt.

Er liegt nachts lange wach und überlegt, wie er sich von dem Druck befreien kann. Manchmal fühlt er sich so unglücklich, dass er wünscht, er könnte einschlafen und müsste niemals wieder aufwachen. Aber vielleicht hat er sich ja auch getäuscht. Vielleicht ist der Löffelkaspar gar kein Geldmacher, sondern wirklich damit beschäftigt, das viele Zinngeschirr des Grafen von Westerburg umzugießen. Das muss er jetzt genau wissen. Er hat auch schon einen Plan: Er wird den Vater einfach beobachten und belauschen. Jawohl ... mit eigenen Augen will er sehen, was der Vater nachts treibt. Aber die Ausführung dieses Plans schiebt er immer wieder hinaus.

Die Halsbräune

Nach dem Tod von Vater Andreas hat sich einiges in der Köhlerhütte geändert. Der Baron hatte beim Begräbnis vorgeschlagen, Mutter Agnes und Louisa sollten ins Schloss ziehen. Dort hatte er ihnen zwei schöne Räume angeboten. Aber Mutter Agnes hat das Angebot ausgeschlagen, möchte lieber in der Köhlerhütte wohnen bleiben. Dort ist sie näher am Wald, wo sie ihre Kräuter findet, die sie von Louisa in die Apotheken der Umgebung bringen lässt.

Louisa geht regelmäßig zu Schule und erweist sich als gelehrige Schülerin. Auch im Wald beim Suchen und Finden der seltenen Heilpflanzen stellt sie sich geschickt an. Mutter und Tochter schließen sich noch enger aneinander an als zuvor.

Der letzte Meiler, den Vater Andreas noch aufgeschichtet hatte, ist nicht fertig geworden. So steht er dort als Erinnerung an ihn.

Immer öfter wird Mutter Agnes neuerdings bei Krankheiten in der Umgebung zu Rate gezogen. Das verstärkt sich, nachdem der alte Bader im Nachbardorf gestorben ist. Der Bader konnte Menschen zur Ader lassen, Blutegel ansetzen, Schröpfen und Tees aller Arten verordnen, je nach seiner Diagnose. Nun erfüllt Mutter Agnes dessen Aufgaben mit. Niemand in der näheren Umgebung würde auf die Idee kommen, einen Arzt zu rufen, denn Ärzte müssen mit barem Geld bezahlt werden – und wer hat das schon in dieser teuren Zeit? Mutter Agnes dagegen belohnt man für ihre Dienste mit Brot, Kartoffeln, Eiern, Wurst und Speck. Bei ganz armen Leuten verzichtet sie sowieso auf eine Bezahlung. Oft geht sie nun selbst zur Apotheke nach Ems und bespricht sich lange mit dem Apotheker, um Neues aus der Welt der Medizin zu erfahren. Denn der Emser Apotheker ist ein sehr gelehrter Mann.

Eines Abends klopft der Wirt des Gasthauses für die Lahnschiffer aufgeregt an die Tür der Köhlerhütte.

»Mutter Agnes, macht auf!«, bittet er. »Könnt Ihr herunterkommen und nach unserem Kathrinchen sehen? Es hat hohes Fieber und atmet so schwer.«

Mutter Agnes wirft sich ein wollenes Tuch um die Schulter. »Ich komme«, sagt sie kurz. Und Louisa zunickend, meint sie: »Komm du auch mit, Kind! Vielleicht brauche ich deine Hilfe.«

Das Kathrinchen ist die jüngere Tochter der Wirtsleute; ihre ältere Schwester hatte Vater Andreas seinerzeit aus dem Fluss gerettet. Vor der Hütte steht ein leichter Kutschwagen. Der Wirt hilft Mutter Agnes und Louisa beim Einsteigen, dann nimmt er auf dem Kutschbock Platz und fährt in raschem Tempo den Berg hinunter.

»Gott sei Dank, dass Ihr kommt«, ruft die Mutter des kranken Kindes erleichtert. Sie umarmt die Kräuterfrau. »Ihr macht mir doch meine Kleine wieder gesund, Mutter Agnes?«, fragt sie ängstlich.

»Gesundheit und Krankheit stehen nicht in meiner Hand«, erwidert Mutter Agnes ernst. »Wenn Gott seinen Segen dazu gibt, wird Eure Tochter wieder gesund.«

Louisa hat sich vom Wirt schon an das Bett der Kleinen führen lassen. Das Kind fiebert stark und atmet schwer. Louisa reißt die vielen Decken weg, die die besorgte Mutter auf das Kind gepackt hat. »Wir müssen die Kleine kühlen, damit das Fieber sie nicht umbringt! Holt kaltes Wasser und Tücher!«

Als Mutter Agnes an das Krankenbett tritt, findet sie alles schon so, wie sie es angeordnet hätte. Ein dankbarer Blick trifft die Tochter. Dann befühlt sie den Hals des Kindes, öffnet ihm den Mund und sieht sofort, dass die Kleine an Diphtherie erkrankt ist.

»Es ist die Halsbräune«, sagt sie gedehnt.

Die Mutter des Kindes schreit entsetzt auf.

»Wir müssen versuchen, die Schwellung im Hals zu beseitigen, sonst wird das Kind ersticken«, fügt Mutter Agnes hinzu.

»Nein, lasst mein Kind nicht sterben, Mutter Agnes!! Gibt es denn gar keine Hilfe?«

Mutter Agnes schaut das fieberheiße Gesichtchen des kleinen Mädchens an. Noch wenige Zentimeter und der geschwollene Rachenraum wird keine Luft mehr hindurchlassen. »Gott im Himmel«, seufzt sie leise, »muss ich zusehen, wie das Kindchen hier qualvoll stirbt? Du großer Arzt, was soll ich tun?«

Es fällt ihr ein, was sie neulich von dem Apotheker in Ems erfahren hat. Der hat ihr nämlich erzählt, wie man in England die Halsbräune bekämpft. Sie weiß aber auch, dass das, was sie vorhat, sehr gefährlich werden kann.

»Herr Wirt, Louisa!«, befiehlt sie. »Ihr fahrt so schnell wie möglich nach Ems in die Apotheke. Dort holt Ihr eine lange dünne Röhre, die man auch Kanüle nennt. Wenn es eine solche Röhre aus Metall nicht geben sollte, darf es auch eine dünne

Glaspipette sein. Sie muss aber eine Spitze haben. Und gebt acht, dass Ihr das Glas nicht zerbrecht!«

Louisa und der Wirt steigen wieder auf die Kutsche. »Haltet Euch nirgendwo auf, denn die Zeit drängt!«, mahnt Mutter Agnes.

Dann wendet sie sich dem Kind zu. »Wir müssen den Hals kühlen«, sagt sie zu der jungen Mutter, die ratlos und verzweifelnd am Bett des Kindes steht. »Ihr müsst nun nicht jammern; wenn wir das Kathrinchen retten wollen, dann müssen wir versuchen, ein weiteres Anschwellen des Halses zu verhindern. Kaltes Wasser her!«, fährt sie die Mutter laut an, die erschrickt und sich plötzlich in Bewegung setzt. »Die Hitze des Kindes muss bekämpft werden. Kalte Wadenwickel, ein kaltes Tuch um den Leib und ein weiteres um den Hals! Vorwärts!« Immer wieder wechseln die beiden Frauen die nassen, kalten Tücher, die sich im Handumdrehen erwärmen. Stumm und verbissen kämpfen die beiden Frauen, nur die Wirtin schluchzt von Zeit zu Zeit.

Ungeduldig wartet Mutter Agnes darauf, dass die Kutsche aus Ems zurückkehrt. Sie hat keine Ahnung davon, dass die eitrige Schwellung im Hals von höchst gefährlichen und ansteckenden Bakterien verursacht wird. Niemand ahnt etwas von Bakterien und ihrem unheilvollen Wirken. Mutter Agnes weiß nur, dass der Eiter im Hals die Atmung schließlich unmöglich machen wird und das Kind dann qualvoll ersticken muss. Aber der Apotheker hat ihr neulich erzählt, dass ein vornehmer englischer Badegast in Ems ihm mitgeteilt habe, dass man in England diese todgeweihten Kinder retten könne, wenn man den Eiter im Hals durch ein Röhrchen abziehe. Dann müsse kein Kind mehr ersticken. Sie hat einen solchen Eingriff noch niemals gemacht, aber sie will alles daransetzen, das Mädchen am Leben zu erhalten.

Endlich hört sie das Getrappel der Hufe; die Kutsche kommt zurück.

»Habt Ihr eine Kanüle bekommen können?«, fragt Mutter Agnes. Der Wirt nickt. Louisa springt vom Wagen und reicht der Mutter einen in ein Papier eingewickelten Gegenstand.

Agnes atmet erleichtert auf, nachdem sie das Papier entfernt hat. Tatsächlich, es ist ein dünnes metallenes Röhrchen mit einer Spitze.

»Einen Eimer mit Wasser, einen Becher und eine Schüssel brauche ich jetzt«, sagt sie mit merkwürdig rauer Stimme. Als alles vor ihr steht, ordnet sie an: »Ihr, Frau Wirtin, geht nun nach nebenan. Und Ihr, Herr Wirt, bleibt nur hier, wenn Ihr versprecht, Euch ruhig zu verhalten und zu helfen.«

»Was macht Ihr mit meinem Kind?«, will die Wirtin weinend wissen.

»Etwas, was es retten kann. Aber nun haltet uns nicht auf und geht!«

Der Wirt winkt seiner Frau zu, die zögernd den Raum verlässt. »Wollt Ihr bleiben?«, fragt Mutter Agnes, »dann haltet den Kopf des Kindes fest. Es darf sich nicht bewegen. Ich muss ihm nun wehtun. Aber es dient zu seinem Besten.«

Und zu Louisa gewendet, sagt sie: »Sorge du dafür, dass sie den Mund nicht schließt. Klemme ihr einen Holzlöffel zwischen die Zähne!«

Die Kleine wird unruhig, als sie im Fieber merkt, dass man mit ihr etwas vorhat. »Setz dich rittlings über sie, sodass sie sich nicht bewegen kann!«, befiehlt Mutter Agnes.

»Gut festhalten!«, sagt sie. Dann sticht sie dem sich bäumenden Kind die Kanüle in den Hals, wo er am stärksten geschwollen ist.

»Haltet den Kopf fest!«, schreit sie den erschrockenen Vater an, als die Kleine sich vor Schmerzen schütteln will. Mutter Agnes hofft, dass der Eiter nun am oberen Ende der Röhre austritt und dann abläuft, aber nichts dergleichen geschieht. Da beugt sie sich über den geöffneten Mund des Kindes, dem ein widerlicher Geruch entströmt, fasst das Ende der Röhre mit den Lippen und beginnt mit aller Kraft zu saugen. Es gelingt! Sie spürt, wie der Eiter in ihre Mundhöhle tritt, aber sie bezwingt den Ekel und saugt, bis sie das Gefühl hat, ihr ganzer Mund sei voller Eiter. Dann spuckt sie alles in die Schüssel und spült mit klarem Wasser nach. Nun saugt sie noch einmal, bis sie das Gefühl hat, dass ihr auch bei starkem Saugen kein Eiter mehr in den Mund läuft. Sie spült den Mund wieder aus, zieht dann die Kanüle heraus und sticht sie an einer anderen Stelle der Geschwulst wieder ein. Auch hier saugt sie allen Eiter mit den Lippen ab.

Eine halbe Stunde ist vergangen. Die Kleine atmet nun wesentlich leichter. Das ist nicht verwunderlich, denn die Schwellung im Hals ist merklich kleiner geworden.

»Bringt mir einen Schnaps!«, befiehlt Mutter Agnes dem Wirt. »Und holt Eure Frau herbei. Die Kleine ist vorerst gerettet.«

Die Wirtin bemerkt sofort, wie gut ihr Töchterchen wieder atmen kann. Sie fällt Mutter Agnes um den Hals. »Ich danke Euch! Möge Gott es Euch vergelten!«

»Die Gefahr ist noch nicht vorbei«, meint Mutter Agnes. »Wir müssen nun darauf achten, dass die Hitze bei der Kleinen nicht wieder ansteigt. Und wir müssen beobachten, ob der Hals nicht wieder zuschwillt.«

Der Wirt bringt eine Flasche mit Branntwein. Mutter Agnes geht auf den Hof und nimmt einen kräftigen Schluck aus der Flasche, schüttelt sich vor Ekel und beginnt dann zu gurgeln. In hohem Bogen speit sie die Flüssigkeit aus. Mehrmals wiederholt sie diese Prozedur, aber sie hat trotzdem das Gefühl, dass selbst der Branntwein den widerlichen Geschmack des Eiters nicht überdecken kann.

In der Nacht wachen die drei Frauen abwechselnd am Bett des Mädchens. Das Fieber will noch einmal ansteigen, aber dank der Wachsamkeit der Pflegerinnen kann es niedrig gehalten werden. Die Schwellung des Halses kommt nicht wieder.

Mit der Entfernung des Eiters scheint die Besserung eingetreten zu sein. Gegen Morgen schläft das Kind fest und atmet ruhig.

Am Nachmittag bringt der Wirt Mutter Agnes und Louisa reich belohnt nach Hause. Für Kathrinchen besteht keine Gefahr mehr.

Beide legen sich früh zu Bett und schlafen am nächsten Morgen aus. Aber schon bald klagt Mutter Agnes über Halsweh; insgesamt fühlt sie sich nicht wohl. Louisa sorgt dafür, dass sie sich im Bett ausruht. Plötzlich bekommt die Mutter hohes Fieber und wenig später auch Atembeschwerden. Da weiß Louisa, dass die Mutter selbst die Halsbräune bekommen hat. Sie fasst den Plan, den Eiter aus dem Hals der Mutter zu saugen, so wie sie es zuvor gesehen hat. Aber Mutter Agnes merkt, was die Tochter vorhat, und wehrt sich leidenschaftlich dagegen. Aus Mutterliebe fürchtet sie, dass die Tochter dann ebenfalls erkranken könnte.

Mutter Agnes stirbt am nächsten Tag den schrecklichen Erstickungstod, den sie bei dem kleinen Kathrinchen verhindern konnte.

Nächtliches Abenteuer

Max, obwohl sonst ein mutiger und waghalsiger Junge, traut sich nicht recht, seinen Plan in die Tat umzusetzen. Er hat inzwischen ein richtiges Grauen vor dem Vater bekommen. Zudem verschläft er oft die Zeit seines Weggehens. Denn dazu wählt der Löffelkaspar immer die späte Nachtzeit. Aber Max weiß, dass es keinen anderen Weg gibt, der Wahrheit auf die Spur zu kommen.

In einer schwülen Sommernacht ist es dann soweit. Der Vater hält sich am Abend zu Hause auf und hat angedeutet, dass er bald aufbrechen werde. Max übernachtet diesmal nicht in seiner Kammer, sondern in dem offenen Schuppen neben dem Haus. Dort sei es nicht so stickig wie drinnen, hat er seiner Mutter erklärt. Mitternacht ist längst vorüber, und er ist unabsichtlich immer wieder einmal kurz eingenickt, um dann erschrocken aufzufahren. Endlich wecken ihn schwere, aber doch schleichende Schritte. Ein Mann klopft an das Fenster, hinter dem der Löffelkaspar schläft. Offenbar will er ihn abholen.

Max kennt den Mann, es ist der rote Henner. Kurz darauf kommt der Vater heraus. Er hat eine Flasche mit Branntwein in der Hand, aus der er zuerst einen herzhaften Schluck nimmt. Dann reicht er sie seinem Kameraden. Die beiden bemerken nicht, dass im Schatten des Schuppens einer steht, und machen sich auf den Weg. Anfangs bewegen sich die beiden Männer sehr vorsichtig, und Max muss gut aufpassen, um nicht entdeckt zu werden. Aber als sie einige Hundert Schritte vom Dorf entfernt sind, werden sie völlig sorglos und unterhalten sich laut. Dem Jungen fällt es nicht schwer, ihnen zu folgen.

Zwei Stunden sind sie schon gegangen und dabei in eine Gegend gekommen, die Max völlig unbekannt ist. Wege gibt es hier nicht. Die Männer klettern über Basaltsteine und Dornengestrüpp hinweg, doch Max bleibt ihnen auf den Fersen. Plötzlich verschwinden die beiden Gestalten in einer tiefen Schlucht. Max schleicht an den Rand und sieht, wie die beiden Männer bereits wieder eine kleine Anhöhe hinaufsteigen und dann hinter einer Mauer verschwinden. Wenn man genau hinschaut, bemerkt man auch Rauch. Liegt da ein Haus mitten in der Einöde?

Max erinnert sich, von der alten Heidenburg gehört zu haben, in der es spuken soll. Niemand traut sich überhaupt noch dorthin, denn es heißt, dass dort Gespenster ihr Unwesen treiben. »Das sind die Falschmünzer gewesen«, denkt Max.

Er zögert. Soll er in die Schlucht hinuntersteigen und sich

dabei möglicherweise in die Gewalt jener schrecklichen Männer begeben? Zum Glück ist es dunkler geworden. Finstere Wolken sind aufgezogen, und es wetterleuchtet stark. Bald wird ein Gewitter losbrechen.

»Ich habe mir vorgenommen, die Wahrheit herauszufinden. Deswegen bin ich hergekommen. Also vorwärts!«, spricht er sich in Gedanken Mut zu.

Äußerst behutsam steigt Max in die Schlucht hinunter und versucht dabei jedes Geräusch zu vermeiden. Schließlich steht er vor der Mauer. Nun hört er dumpfe Schläge in der Tiefe. Irgendwo dort unten in dem Kellergewölbe muss die Werkstatt der Geldmacher sein, da gibt es für ihn keinen Zweifel.

Max überlegt. Soll er nun den Eingang suchen und sich hineinschleichen? Das ist ein riskantes Unternehmen. Hat er nicht genug erreicht? Er kann doch am helllichten Tage, wenn die Falschmünzer nicht anwesend sind, heimlich hierher zurückkehren und in Ruhe erkunden, wie es in dem alten Gemäuer aussieht. Er wendet sich um, um sich leise zu entfernen. Da bemerkt er, dass in einer Vertiefung des Gemäuers ein feiner Lichtstrahl auf das Strauchwerk fällt. Da muss ein Spalt in der Mauer sein. Auf Händen und Füßen schleicht er hin und findet seine Vermutung bestätigt. Ein fingerdicker Riss zieht sich hier durch die ganze Mauer und gewährt Max Einblick ins Innere des Hauses.

Er sieht in einen ziemlich großen, kellerartigen Raum, in dem etwa zehn Männer arbeiten. Es dauert eine Zeitlang, bis er unterscheiden kann, womit die einzelnen beschäftigt sind. Ihn interessiert vor allem der Löffelkaspar. Der treibt sein Handwerk. Er gießt Metall in vorbereitete Formen. Dadurch entstehen Stäbchen, die er zum Prägen vorbereitet. Das Prägen selbst nimmt der rote Henner vor, dem noch ein paar riesenhafte Männer zur Seite stehen. Sie verursachen jene furchtbaren Schläge, die er draußen als dumpfe Stöße gehört hat. Mithilfe zweier stählerner Stempel wird dabei dem weicheren Metall die Form aufgeprägt.

Der Graue steht neben dem Prägestock und nimmt das Geprägte in Empfang. Was gut ist, wirft er in ein hölzernes Gefäß. Anderes feilt er glatt. Einen Teil wirft er auch in den Schmelztiegel zurück.

Max ist so in das Anschauen der Falschmünzerwerkstatt versunken, dass er das Herannahen des Gewitters nicht bemerkt hat. Erst der prasselnde Regen erinnert ihn wieder an das Wetter.

Es gießt wie aus Eimern. Und gerade in der Mauervertiefung, in der er steht und späht, sammeln sich die Wassermengen und suchen sich einen Durchbruch. Als Max noch dabei ist, aus der Vertiefung herauszuklettern, stürzt plötzlich mit lautem Gepolter ein Stück der alten Mauer ein. Der Einsturz ist nach innen gegangen und hat Max nicht verletzt. Aber nun starrt er in entsetzte Gesichter. Gesichter, die ihn erkannt haben. Er rennt weg, aber der Boden ist glitschig. Er ist noch nicht weit gekommen, da spürt er, wie eine mächtige Hand ihn mit eisernem Griff im Genick packt. Zitternd dreht er sich um und erkennt den roten Henner. Der schüttelt ihn mit wutverzerrtem Gesicht hin und her.

»Du hast gelauscht, Bube!«

Max antwortet gar nicht. Inzwischen sind der Löffelkaspar und andere herbeigekommen.

Die Wut des roten Henner wendet sich nun gegen den Löffelkaspar.

»Das ist doch dein Früchtchen, zum Donnerwetter noch einmal! Kannst du, bei allen Teufeln, auf deine verdammte Brut nicht besser Obacht geben? Was sollen wir denn nun mit diesem elenden Wicht anfangen?« Er fletscht die Zähne. »Glaubst du, ich wollte wegen eines solchen Rotzbuben lebenslänglich ins Zuchthaus? Am liebsten würde ich ihn kaltmachen!«

»Nur zu!«, ruft einer mit einem verwilderten Gesicht. »Nur zu! Ein totes Maul verrät nichts mehr.«

Andere pflichten ihm bei: »Es ist das Beste, wenn er den Platz nicht lebend verlässt!«

Der rote Henner drückt Max gewaltsam zu Boden, sodass er kaum aufblicken kann. Er streckt die Hände zitternd und flehend zum Vater empor.

Der Löffelkaspar ist beim Anblick von Max zunächst erschrocken. »Junge!«, schreit er aufgeregt. Aber dann vollzieht sich in seinem Gesicht eine Wandlung. Seine Züge nehmen etwas Hartes, Heimtückisches an. Er scheint nachzudenken. Langsam dreht er Max den Rücken zu.

»Meinetwegen braucht ihr nicht zu zögern«, sagt er langsam. »Mich geht der vermaledeite Bube von Haut und Haar nichts an. Ihr tut mir sogar einen großen Gefallen, wenn ihr diese giftige Kröte aus der Welt schafft.«

»Na also«, sagt der rote Henner mit einer Betonung in der Stimme, die keinen Zweifel über seine Absicht aufkommen lässt. Er lässt Max einen Augenblick los, um mit einer eisernen Stange, die er in der Hand hält, ihm den Todesstreich zu versetzen.

Max ist auf die Knie gesunken. »Lieber Gott«, seufzt er und wartet auf sein Ende.

Da hört er, wie die eiserne Stange klirrend zu Boden fällt. Er blickt sich um und erkennt den Grauen mit seinen kalten, blauen Augen. Offenbar hat er den Todesstreich abgewendet.

»Wir sind Geldmacher, aber keine Mörder«, sagt er mit schneidender Stimme. »Menschenblut soll nicht an unseren Fingern kleben.«

Der Graue blickt von einem zum andern. »Geht ruhig wieder an eure Arbeit! Der Bube ist mein. Ich leiste Bürgschaft für ihn.« Er sieht Max finster an. »Du folgst mir auf der Stelle.«

Max nimmt noch wahr, wie die ganze Mannschaft wieder in der Höhle verschwindet. Dann folgt er seinem Lebensretter.

Der Weg

An der Hand des Grauen läuft Max durch das regennasse Gebüsch. Als sie die Höhe erstiegen haben, leuchten ihnen die ersten Strahlen der aufgehenden Sonne entgegen. Das Licht bricht sich vielfarbig funkelnd in den Millionen Regentropfen, die an den Gräsern hängen. So leuchtend wie der neue Tag erscheint dem Jungen nun auch das Leben. Er ist befreit aus der Faust des Mörders, befreit von den Fesseln, die ihn an das Verbrechen knüpfen. Denn nun weiß er es genau: Er ist nicht der Sohn eines Falschmünzers, wie er bisher immer geglaubt hat. Die Freude darüber ist fast noch stärker als die Freude, mit dem Leben davongekommen zu sein.

Immer wieder sagt sich Max die Worte des Löffelkaspars vor: »Der Bube geht mich von Haut und Haar nichts an.« Aber dann muss er sich fragen: »Wenn der Löffelkaspar mein Vater nicht ist, wer ist es dann?«

Gibt es für ihn eine Zeit der Erinnerung vor der Zeit bei der Elsewitt und dem Löffelkaspar? Ist der Traum, der Alptraum im Schloss, vielleicht gar kein Traum, sondern Wirklichkeit gewesen? Und wie ist das merkwürdige Benehmen des alten Barons zu verstehen, der ihn unbedingt wiedersehen wollte?

Der Graue ist anfangs schweigend und sinnend neben Max hergeschritten. Als ob er Gedanken lesen könnte, fragt er plötzlich: »Kannst du dich an irgendetwas erinnern aus der Zeit, als du noch nicht beim Löffelkaspar gewesen bist?«

Treuherzig erzählt Max ihm, was er weiß. Der Graue schüttelt nachdenklich den Kopf und blickt ihn dann mit den kalten blauen Augen durchbohrend an. Dann berichtet Max von dem Erlebnis im Schlosshof, als der alte Baron ihn bat, am nächsten

Tag zu Besuch zu kommen. Da pfeift der Graue plötzlich vor sich hin, als wenn ihm einiges klar würde.

»Wisst Ihr etwas über mich? Habt Ihr etwas herausgefunden?«, fragt Max den Grauen neugierig in der Annahme, er werde ihm das Ergebnis seines Nachdenkens mitteilen.

Da sieht der Graue ihn mit seinen kalten, boshaften Augen so höhnisch an, dass er bis ins Innerste hinein friert. Max ahnt plötzlich, dass er einem viel hartherzigeren Schurken in die Hände gefallen ist, als es der Löffelkaspar gewesen ist.

Nun fängt er auch äußerlich an zu frieren. Die Luft hat sich nach dem Gewitter abgekühlt, ein eiskalter Morgenwind hat sie erhoben und fährt ihm durch die nassen Kleider. Plötzliche Müdigkeit macht ihm das Weiterlaufen schwer. Der Graue gibt ihm einen Schluck Branntwein und redet ihm gut zu, sodass die beiden nach einem mehrstündigen Marsch ein Dörfchen erreichen, dessen Namen Max noch niemals gehört hat. In einem seitwärts gelegenen Wirtshaus macht der Graue halt.

In der Wirtsstube hängt noch die Schwüle der vergangenen Tage. Und frisches Wasser scheint hier auch nicht üblich zu sein, denn die Reinigung der Tische bleibt den unzähligen Fliegen überlassen, die sich an den Speiseresten gütlich tun.

Max zittert vor Kälte trotz der dumpfen Wärme in der Stube. Als der Graue es merkt, befiehlt er: »Steckt den Buben sofort in ein Bett und kocht ihm ein warmes Biersüppchen!«

Max wird zu einem Himmelbett gebracht, ein Knecht zieht ihm die nassen Kleider vom Leib und steckt ihn splitternackt zwischen die Federbetten. Er muss seine Biersuppe essen. Dann werden die Vorhänge zugezogen. Der Graue und der Wirt reden noch lange und lebhaft miteinander, aber Max bekommt von dem Gespräch nichts mit. Schließlich hört er nur, wie der Wirt sagt: »Es soll geschehen, wie Ihr meint.«

Nun nimmt der Graue den Vorhang ein wenig zur Seite. Als er feststellt, dass Max wach ist, sagt er: »Schlafe jetzt! Du wirst weiter von mir hören. Aber halte deinen Mund, sonst …«

Dabei macht er die Geste des Halsabschneidens. »Verstehst du?« Noch einmal schaut er den zitternden Jungen mit seinem vernichtenden Blick an und verschwindet dann rasch.

Max wird erst am Abend wieder wach. Ein Mann wartet bereits auf ihn. »Ich soll dich zum Knötches-Hof bringen«, sagte er. »Das ist mein Auftrag.«

»Wer seid Ihr?«, will Max wissen.

»Ich bin ein Knecht vom Knötches-Hof. Aber lass dir Zeit! So eilig habe ich es nicht mit dem Aufbruch. Ich will erst noch eine Pfeife rauchen und den Wein hier trinken.«

Max fühlt sich kräftig genug aufzustehen. Er springt aus dem Bett und zieht sich rasch an.

»Also auf das ›Knötchen‹ soll der arme Junge? Zu dem ›Teufelsbanner‹?«, fragt der Wirt, der gerade zu seiner Pfeife ein Glas Dünnbier schlürft.

Über das breite und etwas einfältige Gesicht des Knechtes zieht entschiedenes Missvergnügen. »Nennt unseren Hofbauern meinetwegen, wie ihr wollt«, meint er, »aber das ist nicht zu leugnen: Wer das pünktlich tut, was er befiehlt, und wer sich um nichts bekümmert, was da vorgeht, der hat es dort so gut wie an sonst einer Arbeitsstelle.«

»Aber Hanchristian«, entgegnet der Wirt, »du wirst mir doch zugeben, dass dein Herr einen Bannkreis um den Hof gezogen hat und dass, wer dort hineingeht, nicht mehr fortkann ohne seinen Willen. Das haben Leute hier in meiner Wirtsstube beschworen. Und jeder, den er gebannt hat, muss sich loskaufen durch Geld oder sonst ein Versprechen. Wie sollte er auch sonst so mörderisch reich geworden sein?«

»Ich habe es auch schon gehört, dass er bannen könne«, erwidert der Knecht. »Aber mich hat er noch nie gebannt.«

»Du stehst dem Alten doch sicherlich sowieso schon zu oft still anstatt zu arbeiten. Wie wird er dich da bannen? Aber unheimlich wäre es mir dort schon. Neulich hat ein Gast hier erzählt, er hätte deinen Herrn glühend zum Schornstein hinausfahren sehen. Dann hört man dort Töne und Stimmen und weiß nicht, woher sie kommen. Und man sieht Gestalten, die weder Fleisch noch Blut haben. Das Haar sträubt sich mir in die Höhe, wenn ich nur daran denke, dort wohnen zu müssen.«

»Davon weiß man auf dem Hof nichts, was Ihr hier alles zusammenschwätzt«, meint der Knecht. »Allerdings habe ich auch einmal etwas erlebt. Das war in einer stürmischen, dunklen Nacht. Da klang es mir wie Wagengerassel und Pferdegewieher. Ich sah zum Fenster hinaus und erblickte glühende Pferde und Männer und hörte Schreie, so furchtbar, dass es mir grauste. Ich wollte das Fenster schon wieder schließen, da fuhr mir ein Guss Wasser über den Kopf, und ich erhielt einen Schlag, dass ich ins Zimmer zurücktaumelte. Von der Zeit an krieche ich jedes Mal, wenn ich wieder etwas höre, unter die Bettdecke. Es ist mir auch nie wieder etwas geschehen. Auf dem Hof sagen sie aber, in solchen dunklen Nächten hätten die Geister Gewalt über den Hofbauern, und dann würde er auf einem glühenden Wagen abgeholt. Ob es wahr ist, weiß ich nicht, geht mich auch nichts an. Wir fragen auch nicht danach auf dem Hof, weder ich noch die anderen. Wir haben gut zu essen und zu trinken und bekommen einen Lohn, wie er sonst nirgendwo bezahlt wird.«

Der Wirt erhebt sich. Auch der Knecht steht auf. »Nun wird es aber doch Zeit, Junge, dass wir gehen«, wendet er sich an Max.

Max ist eigentlich nicht abergläubisch, aber diese Geschichten erfüllen ihn doch mit Bangen vor dem Zufluchtsort, den der Graue ihm zugewiesen hat. Unterwegs fragt er den Knecht aus, aber er erfährt nur Unbedeutendes, weil der Knecht selbst nichts weiß. Er erzählt lediglich, dass der Hofbauer früher bettelarm gewesen und nun auf einmal reich geworden sei. Die Leute meinten, er habe in der Not seine Seele dem Teufel verschrieben und der habe ihm zu Geld und Gut verholfen.

»In uralten Zeiten ist der Knötches-Hof ein Kloster gewesen«, erklärt der Knecht. »Davon ist aber nichts mehr übrig als ein großes Gebäude. Das wäre sicherlich auch schon zusammengefallen, wenn der Hofbauer es nicht wieder hätte erneuern lassen. Jetzt leuchtet es hell und weithin sichtbar im Talgrund. Alle Fremden bewundern den schönen Hof«, fügt er stolz hinzu.

»Und warum hat der Hof so einen merkwürdigen Namen?«, will Max wissen.

»Drüben der große Berg heißt ›der Knoten‹. Und der kleine Berg daneben wird ›das Knötchen‹ genannt. Deswegen heißt der Hof unterhalb des Hügels Knötches-Hof.«

Von den Bergen, dem Talgrund und dem ganzen Hof sieht Max nur wenig, denn es ist finstere Nacht, als sie durch das Tor aufs Grundstück kommen. Nur oben in einer Giebelstube brennt Licht.

»Da oben wohnt der Sohn des Hofbauern. Er ist der eigentliche Herr des Hofes. Was er will, das geschieht. Mit dem musst du dich gutstellen, Junge, sonst hast du keine guten Tage hier.«

Im dunklen Hausflur sagt er: »Bleib hier stehen und warte. Es wird am besten sein, wenn ich dem Sohn erst Meldung mache, dass wir da sind, bevor wir zu Bett gehen.«

Im Hauflur gibt es viele dunkle Nischen, die wohl noch aus der Zeit stammen, als hier ein Kloster war. Max stellt sich in eine der Nischen und wartet. Plötzlich hört er leise, aber deutlich verstehbare Stimmen.

»Eine Blutschuld wollte ich nicht auf uns laden. Solch ein Mord schreit so lange, bis er uns alle Höllenhunde auf den Pelz gehetzt hat. Ich hatte aber auch an dich gedacht und an deinen Wunsch. Das ist ein Knabe, wie du ihn schon längst haben wolltest. Seine Gestalt wird dir gefallen. Und … dann stell dir vor, was er für ein Unterpfand ist. Man kann nie wissen, wofür man den Burschen noch brauchen kann. Weißt du, wer er ist, wen dieser Dummkopf von Löffelkaspar so lange mit sich herumgeschleppt hat, ohne das gebührend auszunutzen? Es ist …«

Hier bricht das Gespräch ab. »Nur herein!«, ruft eine Stimme.

Max packt das blanke Entsetzen. Es scheint wohl wirklich so zu sein, dass es in diesem Hause spukt. Man kann Stimmen hören und merkwürdige Gestalten sehen … Er weiß nichts davon, dass in den alten Klöstern häufig solche Hörgänge angelegt wurden, die es möglich machen, an ganz bestimmten Stellen des Hauses Gespräche in entfernt liegenden Zimmern zu belauschen. Max zittert wie Espenlaub. Die Zähne klappern ihm noch, als der Knecht zurückkehrt und ihn zum Schlafen mit in sein Zimmer nimmt.

Als er ruhiger geworden ist, kommt er ins Nachdenken. Er kann in dieser Nacht nicht schlafen, da er ja den ganzen Tag über im Wirtshaus im Bett gelegen hat. Allmählich wird ihm klar, dass er das Gespräch des Hofbauern mit seinem Sohn belauscht hat – wie auch immer das möglich war. Und in dem Augenblick, als die Stimme verstummte, ist wohl der Knecht an der Tür gewesen, um ihre Ankunft zu melden.

Gefangen

Nach dem Frühstück in der Gesindestube kommt der Hofbauer zu Max. Es ist ein krumm gebeugter, hüstelnder alter Mann, dessen Augen hinter einer dicken Brille mit grünlichen Gläsern versteckt sind. Er stützt sich auf einen Krückstock. Das Gesinde glaubt, dass er oft tagelang das Bett hütet, weil man ihn nirgendwo sieht.

»Komm«, sagt er zu Max mit seiner brüchigen Stimme. »Ich will dich zu meinem Sohn bringen. Du wirst sein Diener werden.«

Langsam steigt der Hofbauer die Treppe zur Giebelstube hinauf. Max folgt ihm beklommen. Dann steht er dem Sohn gegenüber, einem klein gewachsenen, schmächtigen Mann, der offensichtlich nicht gut laufen kann, weil ihm die Beine immer wieder einknicken. Dünne blonde Haare umrahmen das bleiche Gesicht, das von zwei stechenden blauen Augen beherrscht wird.

»Hier bringe ich dir deine Bedienung«, sagt der Hofbauer zu dem Sohn, der Max von Kopf bis Fuß mustert.

»Er soll mir recht sein«, nickt der Sohn. »Er soll auf dem geräumigen Flur seine Bettstelle erhalten.«

Der Alte entfernt sich.

»Wie heißt du?«, fragt der Sohn.

»Man ruft mich Max oder Löffelmax.«

»Mich redest du in Zukunft mit ›Herr Justus‹ an! Ich werde dich ›Max‹ rufen.« Max nickt. »Wenn ich dich nicht brauche, wirst du dich vor meiner Kammertür im Flur aufhalten. Ich rufe dich dann mit dieser Pfeife.«

Herr Justus lässt einen durchdringenden Pfiff ertönen. »Wann immer du die Pfeife hörst, kommst du sofort her zu mir!«

»Ja, Herr Justus.«

Nun ruft Herr Justus den Knecht, der Max hergebracht hat. Er muss ihm den ganzen Hof zeigen, vor allem die Küche, denn Max muss die Speisen für Herrn Justus von dort holen und in seiner Giebelstube servieren.

Für Max beginnt nun eine Zeit, in der er sich wie ein Gefangener fühlt. Denn er darf die Stube und den Flur davor nicht verlassen, es sei denn, er muss für Herrn Justus auf dem Hof Botengänge verrichten. Aber dabei muss er sich beeilen, denn wenn er nach Meinung seines Herrn zu lange fortbleibt, ertönt der Pfiff, der ihn zurückruft.

Mit der Zeit lernt Max Herrn Justus immer besser kennen. Als Kind, bevor sein Vater reich wurde, hat er, gehbehindert wie er war, an den Türen um Brot betteln müssen. Damals hat er wohl die Menschen hassen gelernt, denn er bekam häufig

Zurückweisung zu spüren. Davon ist er hart und lieblos geworden.

»Ich kann mir nicht vorstellen, dass er seinen Vater wirklich liebt«, denkt Max oft, wenn der Hofbauer zu Besuch gewesen ist.

Und das merkt Max bald: Insgeheim beneidet Herr Justus ihn wegen seiner Jugend und Gesundheit. Und er missgönnt ihm jede Freude. Wegen seiner Behinderung kommt er nicht viel hinaus in die Sonne und an die frische Luft, und darum will er ihm diese Freude auch versagen. Es gibt für Herrn Justus nur ein wirkliches Vergnügen, nämlich in einem Haufen glänzender Goldmünzen herumzuwühlen.

Max bekommt immer nur wenig zu essen. Und oft denkt sich Herr Justus noch besondere Schikanen aus. Wenn er merkt, dass dem Jungen etwas besonders gut schmeckt, schickt er ihn während der Mahlzeit zu einem Botengang weg. Wenn er dann zurückkehrt und weiteressen will, merkt er, dass sein Herr ihm eine übel schmeckende Substanz ins Essen getan hat. Herr Justus kann sich ausschütten vor Lachen über solche Scherze, wie er sie nennt.

Der Sohn des Hofbauern hat sich in seinem Zimmer ein gewaltiges naturwissenschaftliches Wissen angeeignet, und zwar lediglich durch die Lektüre von Büchern. Er experimentiert mit chemischen Substanzen und führt damit alle möglichen Zauberkunststücke aus. Auch die glühenden Pferde, die der Knecht gesehen hat, sind eine von Herrn Justus absichtlich herbeigeführte Erscheinung. Er will einfach die furchtsamen Hausbewohner davon abhalten, nachts auf dem Hof herumzulaufen.

Max wird immer wieder einmal von kleineren Explosionen aufgeschreckt, die Herr Justus in seiner Nähe stattfinden lässt. Einmal probiert er sogar eine Maschine aus, die Max' Bett unter Wasser setzt, sodass dieser sich nachts nicht zum Schlafen niederlegen kann. Sein Herr freut sich boshaft über das gelungene Experiment.

Irgendwie muss Herr Justus auch mit den Falschmünzern in Verbindung stehen; das wird Max nach einiger Zeit klar. Denn er stellt mit feinsten Geräten die kostbaren Stempel her, die zum Prägen des Falschgeldes notwendig sind. Er führt auch die Geschäftsbücher über Ausgaben und Einnahmen, denn das meiste falsche Geld geht außer Landes. Schließlich stellt Max fest, dass sein Herr der eigentliche Anführer der Bande ist.

»Komme ich denn niemals von diesen verbrecherischen Menschen los?«, seufzt er resigniert. Er hat solche Sehnsucht nach der Landstraße, auf der er sich früher mit dem Löffelkaspar und der Elsewitt frei bewegen konnte. Hier ist er an einen Teufel gekettet. Und niemals hat er sich so einsam gefühlt wie jetzt. Die Leibsprüche seines Lehrers kommen ihm wieder in den Sinn. Er betet sie oft und fühlt sich dann ein wenig getröstet. Aber die Zeit seiner Gefangenschaft wird ihm unendlich lang.

Manchmal verlangt Herr Justus, Max solle lernen, er möge seine vielen Bücher lesen. Dann ändert er plötzlich seine Meinung und verbietet ihm das Lernen. Max soll auf keinen Fall ein höheres Wissen erwerben, als er selbst besitzt.

Von den Ereignissen in der Welt draußen dringt nur selten etwas zu den Menschen auf dem Knötches-Hof. Dass die Franzosen im Land das Sagen haben, das interessiert die Menschen nicht sonderlich. Das harte Leben im Gebirge lässt ihnen nicht viel Zeit zum Nachdenken und zum Überdenken der politischen Lage. Doch einmal hört man von einem Vorfall, der sich in Limburg, der Stadt unten an der Lahn, zugetragen haben soll. Französische Soldaten, kleine schwarze Kerle mit Musketen, haben die Stadt marodieren wollen.

»Was ist das: marodieren?«, fragt Max den Knecht, der die unerhörte Kunde von auswärts mitgebracht hat.

»Da gehen die Soldaten in jedes Haus, nehmen sich, was ihnen gefällt und schlagen alle Leute tot, die sich wehren.«

»Und warum lassen die Leute sich das gefallen?«

»Weil die Welschen stärker sind. Sie haben richtige Waffen und können damit schießen.«

Das leuchtet Max ein.

»Die Soldaten sind auch in die Backstube des Bäckers gekommen, der sie später das Fürchten gelehrt hat. Sie haben ihm die Brötchen weggenommen und dann ihren Spott mit ihm getrieben.«

»Was haben sie gemacht?«

»Sie haben ihm die Mütze vom Kopf gerissen. Und als er sich wehrte, haben sie ihm auch noch die Kleider vom Leib gerissen, bis er splitternackt dastand. Dann haben sie ihn aus der Backstube gezerrt und mit ihren Degen bis auf die Limburger Brücke getrieben. Da hatten sie ihm aber schon so oft die Haut geritzt, dass er ganz wütend geworden ist.«

»Aber splitternackt und ohne eine Waffe, da konnte er doch gar nichts machen.«

»Das sagte er sich auch. Trotzdem packte ihn eine unbändige Wut. Er stürzte sich auf den nächsten französischen Soldaten, packte ihn am Kragen, hob ihn mit seiner unglaublichen Kraft hoch und warf ihn über das Brückengeländer in die Lahn.«

»Unglaublich!«

»Dann nahm er den nächsten und beförderte ihn dahin, wo der erste schon im Wasser zappelte. Die kleinen schwarzen Kerle konnten mit den schweren Tornistern auf dem Rücken nicht gut schwimmen und hatten zu kämpfen, um überhaupt wieder an Land zu kommen. Auch als sich mehrere von den kleinen Welschen an ihn hängten, gelang es ihm, sie nach und nach in die Lahn zu werfen.«

»Er muss sehr kräftig gewesen sein.«

»Sicher. Und zudem verlieh ihm die Wut Bärenkräfte. Als dann die Limburger Bürger sahen, dass der Bäcker splitternackt und mit bloßen Händen gegen die Feinde kämpfte, da bekamen sie alle Mut. Gemeinsam trieben sie die Franzosen, die sich auch schon an den Mädchen vergreifen wollten, nach und nach auf die Brücke. Und der wütende Bäcker warf einen nach dem anderen in den Fluss, trotz heftigster Gegenwehr.«

»Das hätte ich sehen mögen.«

»Ich auch. Jedenfalls zogen die Plünderer sich schnell zurück. Und die Männer umringten den nackten Bäcker in einer dichten Reihe und brachten ihn so, vor den Blicken der Frauen und Mädchen geschützt, wieder in seine Backstube.«

Ein gellender Pfiff ertönt. »Ich muss zurück!«, sagt Max und läuft ins Haus zu seinem ungeduldigen Herrn.

Nach etwa drei Jahren ändert sich das Verhalten von Herrn Justus. War er zuvor abstoßend, kalt und höhnisch, so weiht er Max jetzt in vieles ein. Früher hat er kein Wort mit ihm gewechselt – nun redet er oft stundenlang mit ihm.

Max hat Freude am Diskutieren und in Herrn Justus einen Partner, mit dem er über vieles in der Welt sprechen kann. Er merkt allerdings nicht, dass sein Herr ein Meister der Verführung ist. Er versteht es, mit glatten Worten aus Recht Unrecht und aus Lüge Wahrheit zu machen. Er versucht, in Max allen Respekt vor staatlichen Autoritäten und dem Gesetz zu untergraben. Gleichzeitig versucht er ihn für das Glücksspiel zu begeistern. Max ist durch diesen Einfluss inzwischen gar nicht mehr so sicher, dass die Falschmünzerei etwas Verwerfliches ist. Er hilft Herrn Justus sogar beim Herstellen der stählernen Prägestempel für die Münzen.

Bei der Kastellanin

Seit dem Tod von Mutter Agnes ist die Köhlerhütte verwaist. Louisa hat der dringenden Bitte des Barons stattgegeben und ist zu ihm ins Schloss gezogen. »Zu ihm« ist eigentlich nicht richtig, denn er hat seine Pflichten in der Residenzstadt und ist nur selten zu Hause. Deswegen hat er sein Patenkind der Obhut seiner Kastellanin anvertraut, einer älteren Frau, die für ihn kocht, wenn er im Schloss weilt, die das Gärtnerehepaar beaufsichtigt und auch einigen Haus- und Hofknechten vorsteht.

Die Frau heißt eigentlich Margaretha, aber in dieser Region wird der Name einfach zu ›Gritt‹ verkürzt. Fräulein Gritt ist eine resolute Person, aber nicht ohne Herz. Immer wieder erzählt sie Louisa, dass sie einst mit einem bildhübschen jungen Mann verlobt gewesen sei. Der Hochzeitstermin sei sogar schon festgesetzt gewesen. Aber dann will die Erzählung nicht mehr so recht weitergehen. Irgendwie muss ihr der Bräutigam kurz vor der Hochzeit abhandengekommen sein, aber über die Umstände des Verlustes lässt Fräulein Gritt sich nicht näher aus.

Louisa bewohnt eine geräumige Kammer im Seitenflügel des Schlosses, neben der Kammer von Fräulein Gritt. Aus der Köhlerhütte hat das Mädchen einige persönliche Gegenstände mitgebracht, die sie an die Eltern erinnern.

Der Baron sorgt väterlich für sie. Jedes Mal, wenn er von der Residenzstadt heimgekehrt ist, bittet er sie um ihren Besuch. Er sorgt auch dafür, dass sie zweimal wöchentlich Unterricht in französischer Sprache erhält. Ansonsten hält er es für richtig, sie in der Schule zu belassen, die sie bisher besucht hat.

Immer wieder einmal hat Louisa nachgefragt, ob er etwas über ihre Herkunft weiß. Er hat ihr wahrheitsgemäß geantwortet und erzählt, wie seinerzeit die Fremden das kranke Kind in der Köhlerhütte einquartiert hätten und dann spurlos verschwunden seien. In ihrer Kleidung habe man einen Zettel gefunden, der ihren Namen Louisa trug. Außerdem habe sie um den Hals ein Kettchen mit einem Kreuz getragen, aber das Kettchen kenne sie ja, denn sie bewahre es in einer kleinen Schatulle auf. Mehr wisse niemand. Die Leute hätten Französisch gesprochen und seien wohl recht vornehm gewesen. Ob sie aber wirklich Franzosen gewesen seien, das könne eigentlich niemand sagen, denn alle vornehmen Leute reden bekanntlich auf Französisch miteinander. Louisa weiß das alles längst, aber dennoch lässt sie sich die Geschichte immer wieder einmal erzählen.

Bei Fräulein Gritt durchläuft die Köhlerstochter eine gute Lehre, denn hier lernt sie gründlich kochen. Großen Wert legt die Köchin darauf, dass Louisa lernt, wie man Krebsbutter macht. Das ist nämlich ein Leibgericht des Barons, eines, das es in der Residenz nicht gibt. Dabei werden die Schalen von Krebsen, die hier zu Hunderten in den klaren Bächen gefangen werden, nach dem Abkochen der Tiere in Butter braun geröstet und immer wieder mit einem Stößel klein gerieben, bis sie ein ganz feines, braunes Pulver geworden sind. Zusammen mit der Butter wird das Krebsschalenpulver dann noch einmal gebräunt. Die Masse wird beim Erkalten kräftig geschlagen, damit sie ein wenig aufschäumt und dabei locker wird. Auf diese Weise entsteht ein delikater Aufstrich, der zu frischem Brot köstlich schmeckt.

Louisa lernt von ihrer Lehrmeisterin alles über die Wäschepflege, und natürlich zeigt sie ihr auch, wie man einen Raum gründlich säubert und wohnlich herrichtet.

In der Köhlerhütte hat Louisa eher wie ein Naturkind gelebt; doch nun entwickelt sie sich in der Obhut von Fräulein Gritt zu einem hübschen jungen Mädchen. Sie hat eine frische Gesichtsfarbe; ihr braunes Haar schmiegt sich in leichten Locken um das Gesicht. Besonders faszinierend wirkt es, wenn ihre hellbraunen Augen vor Freude strahlen.

Eines Tages hat Fräulein Gritt eine Neuigkeit für Louisa. »Stell dir vor, Kind, der Baron hat Nachricht schicken lassen, dass er den Gerichtsrat und die Gerichtsrätin mit hierherbringt. Auch der Sohn des Paares kommt mit, der junge Herr. Da müssen wir das ganze Schloss herausputzen, denn Gerichtsrats sind gestrenge Leute.«

»Aber warum muss deswegen das ganze Schloss geputzt werden?«, fragt Louisa.

»Nun ja, du weißt doch, Louisa, dass der Baron keine Leibeserben hat. Gerichtsrats werden wohl den ganzen Besitz einmal beerben, wenn unser Baron nicht mehr ist. Ich sehe sie deshalb schon ein wenig wie die Besitzer des Schlosses an.«

Louisa stockt der Atem. Ihr ist plötzlich eingefallen, dass damals, als der junge Mann sie mit der Peitsche schlagen wollte, auch vom Gerichtsrat und vom Erben des Schlosses die Rede gewesen ist. Sie sieht die Szene wieder vor sich, als der Reiter, vom Pferd gesprungen, die Peitsche gegen sie erhob, als Max sich blitzschnell dazwischenwarf und stellvertretend den Schlag abbekam, der ihm die Augenbraue spaltete. Es besteht eigentlich kein Zweifel: Der *junge Herr,* wie Fräulein Gritt ihn nennt, muss der Reiter von damals sein, der Mann, der die Peitsche gegen die Kinder erhob, weil sie sich heimlich die Papageien im Schlosshof anschauen wollten. Louisa weiß es genau: dem *jungen Herrn* will sie nicht begegnen.

Als der große Tag gekommen ist – das Schloss ist blitzblank und mit Blumen geschmückt – da bleibt Louisa in ihrer Kammer. Sie erklärt Fräulein Gritt, sie sei krank und könne ihr leider in der Küche nicht zur Hand gehen. Sie weiß genau, dass in der Küche einige Helferinnen zur Verfügung stehen, sodass Fräulein Gritt nicht überlastet ist.

Auch am nächsten Tag – der Besuch ist immer noch da – gibt sie vor, erkrankt zu sein. Aber dann lässt der Baron sie dringend bitten, sich doch dem Besuch zu zeigen. Fräulein Gritt hinterbringt ihr eine unglaubliche Sache. »Weißt du, was der Gärtner erlauscht hat, als Gerichtsrats gestern im Schlossgarten lustwandelten? Du ahnst es nicht!«

»Ach Fräulein Gritt, das will ich doch gar nicht wissen.«

»Aber es geht dabei doch um dich.«

»Um mich? Als ob so vornehme Leute sich für eine verwaiste Köhlerstochter interessieren.«

»Doch, doch! Der Gerichtsrat hat seinerzeit die Geschichte miterlebt, wie du zu den Köhlersleuten gekommen bist. Er hat sie aber offenbar niemals geglaubt. Er hat nämlich gestern im Schlossgarten zu der Gerichtsrätin gesagt: ›Am Ende ist das Köhlerskind, das er jetzt hier bei sich hat, ein Bastard von ihm. Er könnte sich die unglaubliche Geschichte ja einfach nur ausgedacht haben. Vielleicht hat er das Kind den Köhlersleuten nur gebracht, um es in der Nähe zu haben.‹ Und da hat die Gerichtsrätin gesagt: ›Warum hat er es aber nicht gleich ganz ins Schloss genommen?‹ – ›Es könnte doch das Kind einer Mesalliance sein‹, hat er gemeint, ›und das hätte man ihm bei Hofe böse angekreidet. Aber auf diese Weise konnte ihm niemand etwas nachweisen. Glaube mir‹, hat er gesagt, ›das Mädchen ist sein leibliches Kind. Warum sonst sollte er es hier im Schloss untergebracht haben?‹ So haben Gerichtsrats geredet.«

Louisa ist sprachlos. Sie starrt Fräulein Gritt entgeistert an.

»Und die Gerichtsrätin hat noch gesagt, dass sie dich genau ansehen will. Sie will wissen, ob du ihnen als Erbin gefährlich werden kannst.«

Louisa zieht sich in ihre Kammer zurück. Sie muss zuerst ihre Gedanken ordnen. Hat sie es nötig, sich so demütigen zu lassen? Mit welchen Hirngespinsten hat sie es hier zu tun? Soll sie nicht fortlaufen, weg von diesen Menschen, die andere erniedrigen oder mit der Peitsche schlagen?

Aber dann wird sie ruhiger. Auch eine arme Köhlerstochter hat ihren Stolz, denkt sie. Selbstverständlich werde ich der Bitte des Barons nachkommen und mich seinem Besuch zeigen. Sie bittet Fräulein Gritt, ihr die Haare schön zu kämmen und beim Anlegen ihres besten Kleides behilflich zu sein. Ihr kleines Kettchen, das sie trug, als sie zu Mutter Agnes und Vater Andreas kam, legt sie um. Und dann wartet sie, bis sie gerufen wird.

»Schön siehst du aus, Louisa, schön wie eine Baroness«, ruft Fräulein Gritt ihr nach.

Sie nimmt sich vor, den Herrschaften unbefangen, aber kühl zu begegnen. An der Tür bleibt sie stehen.

»Komm nur herein, Louisa«, ruft der Baron ihr zu. Mit einem Knicks begrüßt sie ihn und die Gäste.

»Das ist mein Findelkind«, erklärt der Baron seinem jüngeren Bruder und dessen Gattin. »In der Nachbarschaft wurde es ausgesetzt und dann auch aufgezogen. Nach dem Tod der Pflegemutter lebt Louisa hier auf dem Schloss.«

»Euer Findelkind, lieber Herr Schwager«, sagt die Gerichtsrätin kühl, »trägt einen sehr vornehmen, für eine Tochter des einfachen Volkes sehr ungewöhnlichen Namen. Wer hat ihr denn diesen Namen gegeben?«

»Der Name fand sich zwischen den Kleidern des Kindes, als man es umkleidete.«

Die Gerichtsrätin wirft ihrem Mann einen vielsagenden Blick zu.

»Und man hat niemals etwas über seine wahre Herkunft erfahren?«, fragt der Gerichtsrat seinen Bruder.

»Das ist doch bei Hofe bekannt geworden, dass alle Nachforschungen vergebens gewesen sind.«

»Schon, schon, aber könnte es nicht sein, dass von irgendeiner Seite ein großes Interesse daran bestand, die wahre Herkunft des Kindes zu verschleiern?«

»Ich weiß nicht, worauf du hinauswillst, lieber Bruder. Sei es wie es sei! Das alles ist doch vor langen Jahren geschehen. Inzwischen hat sich im Land vieles geändert. Ob man überhaupt je Näheres herausfinden wird, wage ich zu bezweifeln. Ich habe mein Patenkind zu mir genommen und sorge für es. Und ich freue mich auf die Zeit, wenn ich den anstrengenden Dienst bei Hofe nicht mehr verrichten muss und mich hierher zurückziehen kann. Dann kann ich mich meinem Patenkind ausgiebig widmen, vielleicht sogar mit ihm auf Reisen gehen.«

»Aber Maximilian«, sagt nun erregt der Gerichtsrat, »das

klingt ja geradeso, als ob du in engerer Beziehung zu der jungen Dame stündest. Willst du sie am Ende gar adoptieren?«

»Daran hatte ich bisher noch nicht gedacht. Aber ... sei beruhigt, eine Adoption kommt eigentlich nicht in Frage. Der Familienbesitz muss doch in der Hand der Familie bleiben. Und nach meinem Empfinden gehört er dann dir bzw. deinem Sohn.«

Louisa begreift nicht die Hälfte von dem, was hier abläuft. Sie bemerkt aber ein triumphierendes Lächeln auf dem Gesicht der Gerichtsrätin. Diese ist plötzlich sehr freundlich zu ihr. »Liebes Kind«, redet sie Louisa mit süßer Stimme an, »sei immer recht folgsam und mache deinem Patenonkel das Leben recht angenehm!«

Louisa verbeugt sich, ohne eine Miene zu verziehen. Dann wendet sie sich an den Baron. »Darf ich mich zurückziehen, Onkel?«, fragt sie.

»Ich habe gehört, dass du dich nicht wohlfühlst, Louisa«, antwortet dieser. »Geh auf dein Zimmer und sorge dafür, dass du bald wieder gesund wirst!«

Beim Verlassen des Saales hört sie noch, dass der Gerichtsrat bemerkt: »Eine entzückende Erscheinung, deine Pflegetochter, lieber Maximilian.«

Louisa eilt dem Seitenflügel zu. Ganz in Gedanken bemerkt sie nicht, dass sie einem Mann fast in die Arme läuft. Sie erkennt ihn sofort. Es ist der Neffe des Barons, der seinerzeit die Peitsche geschwungen hat.

»Wer bist denn du, hübsches Lärvchen? Gehörst du zu den Dienstboten? Habe gar nicht gewusst, dass der Onkel hier so bildschönes Personal hat.«

Der Mann umarmt Louisa und versucht sie an sich zu ziehen.

»Lasst mich los! Was fällt Euch ein?«, faucht Louisa ihn an.

»Nicht so spröde, meine Schöne! Einen solchen Fang lässt man nicht freiwillig laufen.«

»Ich schreie um Hilfe! Lasst mich los!«

»Ziere dich nur, schöne Jungfrau, ich kriege dich doch!« Er lässt von Louisa ab, die rasch in der Tür des Seitenflügels verschwindet. Kurz darauf nimmt sie wahr, dass der Sohn des Gerichtsrats durchs Fenster in ihr fast ebenerdiges Zimmer starrt.

»Das ist genau das Richtige für einen gesunden jungen Mann«, zischt er.

In der Nacht klopft es leise an Louisas Fenster. Sie zieht sich die Bettdecke über den Kopf, aber das Klopfen ist immer noch zu hören. Es dauert bis weit nach Mitternacht, bis der lästige Störer aufgibt.

Flucht

Max hält sich nun schon einige Jahre auf dem Knötches-Hof auf. Herr Justus billigt ihm inzwischen einige wenige Freiheiten zu. So darf er am frühen Abend, wenn sein Herr schläft, sich mit den heimkehrenden Knechten und Tagelöhnern unterhalten und beim Eintreiben, Füttern und Tränken des Viehs helfen. Trotzdem muss er immer damit rechnen, dass ihn plötzlich ein gellender Pfiff zurückruft.

Die Hofbäuerin leitet den Betrieb und steht den Knechten, Mägden und Tagelöhnern vor. Sie ist die zweite Frau des Hofbauern und die Stiefmutter von Herrn Justus. Die beiden verstehen sich allerdings überhaupt nicht, ja sie hassen sich geradezu. Immer wieder lässt sich Herr Justus zu bösen Bemerkungen gegen »das Weib« hinreißen. Die Hofbäuerin sagt zwar niemals etwas über den Stiefsohn, aber sie vermeidet auch jeglichen Kontakt mit ihm. Als Max eines Abends das Haus verlässt, um in die Viehställe zu gehen, hält ihn die Hofbäuerin am Ärmel fest.

»Max«, flüstert sie, »geh dort in die Kammer!«

Als Max sie verständnislos anstarrt, wiederholt sie: »Geh dort in die Kammer! Da ist jemand, der dich sprechen will.«

»Mich will jemand sprechen?«, fragt er entgeistert. »Es weiß doch niemand, dass ich hier bin.« Trotzdem ist er neugierig. Er betritt die Kammer. Da sitzt in der Ecke eine weibliche Gestalt, die den Kopf mit einem Tuch verhüllt hat. Er starrt sie an.

»Max«, sagt die Gestalt, »Max, kennst du mich denn nicht?« Sie nimmt das Tuch vom Gesicht.

»Mutter!«, ruft Max da unwillkürlich und beginnt plötzlich zu schluchzen. Die Tränen laufen ihm über das Gesicht. Er hat Elsewitt erkannt.

»Mutter!«, ruft er nochmals.

»Deine leibliche Mutter, Max, bin ich freilich nicht«, sagt Elsewitt da leise, »aber ich habe dich so lieb, als wenn ich dich unter dem Herzen getragen hätte.«

Auch Elsewitt beginnt zu weinen. Sie erhebt sich und umarmt Max.

»Ach, mein lieber Junge ... und der schlechte Kerl, der Kaspar, der hätte es geduldet, wenn sie dich getötet hätten! Ich weiß alles, Max, alles ...«

Wieder schluchzt sie laut auf. Es dauert eine Weile, bis sie sich wieder beruhigt hat.

»Max, mein Junge, du bist hier in einer noch größeren Gefahr als damals bei den Falschmünzern. Die haben nämlich beschlossen, dich zu einem schlechten Kerl zu machen.«

»Mich zu einem schlechten Kerl? Das verstehe ich nicht. Warum wollen sie mich zu einem schlechten Kerl machen? Und wer möchte das tun?«

»Neulich war ein vornehmer Herr bei uns im Haus«, fährt Elsewitt fort. »Der Graue war auch da und der Kaspar. Sie haben die halbe Nacht beisammengesessen und über dich gesprochen.«

»Über mich?«

»Ja, über dich! Sie machten alles sehr heimlich und haben nur geflüstert. Aber ich habe doch genug gehört, um zu wissen, was sie vorhaben.«

»Ich verstehe das alles nicht.«

»Das ist ja auch gar nicht notwendig. Zuletzt habe ich nämlich noch gehört, dass der vornehme Herr sagte: ›Einen Falschmünzer wird er enterben müssen.‹ Und dann lachten sie alle. Sie haben dein Verderben beschlossen.«

»Aber ich habe doch niemandem etwas Böses getan.«

»Es hat mir Tag und Nacht keine Ruhe gelassen. Zum Glück hatte ich auch erlauscht, wo sie dich hingebracht haben. Da habe ich mir ein Herz gefasst und die Kinder allein zu Hause gelassen. Ich bin die drei Stunden hierhergelaufen, um dich zu warnen.«

»Mich zu warnen! Wovor eigentlich?«

»Max, du musst fliehen. Bitte hör auf mich! Flieh, denn sonst bist du verloren!« Und mit flehender Stimme wiederholt sie noch einmal leise, aber eindringlich: »Du musst hier so schnell wie möglich weg. Versprich es mir, Max!«

Max kann noch immer die Gefahr nicht erkennen, in der er angeblich schweben soll.

»Ich will mit Euch heimgehen, Mutter. Und dann sagt Ihr mir, wo ich meine Eltern finden kann.«

Elsewitt beginnt erneut laut zu schluchzen. »Ach mein Junge, ich kann dich ja nicht mit nach Hause nehmen. Und über deine Eltern darf ich dir gar nichts mitteilen. Das habe ich geloben und beschwören müssen. Darum dränge mich nicht!«

»Aber Mutter, warum ...«

»Das musst du wissen, Max. In der ganzen weiten Welt ist es überall besser für dich als daheim beim Kaspar oder hier auf dem Knötches-Hof.«

»Aber warum nur?«

»Weißt du denn, wer der Hofbauer vom Knötches-Hof ist? Das ist der Graue!«

»Der … Hofbauer ist … der Graue!?« Wie Schuppen fällt es Max von den Augen. Ja, es ist wahr. Dass ihm selbst diese Ahnung noch nicht gekommen ist! Mit dieser Erkenntnis steht Max wie betäubt. Und eine furchtbare Angst erfasst ihn. Der Graue und Herr Justus sind Vater und Sohn! Beide erscheinen sie ihm wie das verkörperte Böse, trotz der gelegentlichen Freundlichkeiten. Er versteht nun die Elsewitt und ihre große Sorge um ihn.

»Ja, ich will fort!«, presst Max heiser heraus.

»Gott sei Dank!«, sagt da die Elsewitt. »Verlass dieses Haus so schnell wie möglich. Und vergiss die arme Elsewitt nicht, die es immer gut mit dir gemeint hat und dich wie eine Mutter liebt.«

Sie kramt in ihrer Schürzentasche. »Hier hast du Reisegeld«, flüstert sie hastig. »Entsinnst du dich? Das ist das Silberstück, das du damals vom Baron bekommen hast, als der elende Junker dich mit der Peitsche schlug.«

»Habt Ihr die Münze die ganze Zeit für mich aufbewahrt?«

»Freilich, mein Junge!« Sie umarmt ihn nochmals und küsst ihn zum Abschied. »Ich muss zurück. Gehe du zum Baron! Versprich es mir!«, flüstert sie ihm ins Ohr.

»Ich verspreche es, Mutter!«

Schon ist Elsewitt gegangen.

Max steht noch einige Zeit reglos in der Kammer. In seinem Kopf geht alles wild durcheinander. Er muss sich einen Augenblick sammeln. Alles ist so überraschend gekommen.

»Was hält mich eigentlich hier fest?«, überlegt er. »Alles, was ich mein Eigentum nenne, trage ich am Leib. Mein Herr schläft, die Knechte und Mägde sind beschäftigt, außerdem bricht die Dunkelheit schon herein.«

Vorsichtig schaut er sich um. »Jetzt beobachtet mich niemand. Und darum habe ich auch keine sofortige Verfolgung zu befürchten.«

Max drückt sich an einigen Wagen und an der Rinderherde

vorbei. Er schaut noch einmal zu dem alten Gebäude und zum dunklen Fenster hinauf, hinter dem Herr Justus schläft. Dann setzt er über die Hofmauer hinweg und läuft in gebückter Haltung auf den nahen Wald zu. Dort verschnauft er eine Weile und überlegt.

Hinunter an die Lahn, zum Schloss des Barons, das hat er der Elsewitt versprochen. Warum ist ihm der alte Mann nicht schon früher eingefallen? Längst hätte er ihn aufsuchen können, schließlich hatte er selbst um seinen Besuch gebeten. Warum muss ihn erst die Elsewitt daran erinnern? Und warum hat er es überhaupt so lange auf dem Knötches-Hof bei dem niederträchtigen Herrn Justus aushalten können? Nun malt er sich aus, was geschehen würde, wenn sie ihn wieder einfingen. Der Graue würde ihn mit den durchbohrenden Blicken seiner eiskalten blauen Augen töten. Wenn der Graue nun plötzlich neben ihm stünde? Hat nicht die Elsewitt immer gesagt, der könnte mehr als Brot essen? Wieder packt ihn eine panische Angst.

»Laufen! Laufen!«, denkt er und läuft wie ein gehetztes Wild die ganze Nacht hindurch. Gegen Morgen schläft er auf einem Strohhaufen am Wegrand ein. Er wird erst wach, als die Sonne schon hoch am Himmel steht. Jetzt meldet sich sein Magen, aber ganz in der Nähe liegt ein Dorf. Bestimmt gibt es dort auch ein Wirtshaus. Er betritt die Gaststube.

»Kann ich bei Euch etwas zu essen kaufen?«

»Wenn du es bezahlen kannst, jederzeit!«, ist die Antwort.

»Ich habe Geld«, sagt Max.

»Zeig es mir mal!«

Max holt die Münze aus der Hosentasche. »Das ist eine wertvolle Silbermünze, mein Lieber«, sagt der Wirt misstrauisch. »Wo hast du die denn her?«

»Die hat mir meine Mutter als Reisegeld gegeben.«

»Junge, du siehst nicht so aus, als ob du eine Mutter hättest, die dir ein solches Vermögen als Reisegeld geben könnte. Diese Geschichte musst du schon einem Dümmeren erzählen.«

»Aber es ist doch die Wahrheit.«

»Ich will nicht nachforschen, woher du diese Münze hast. Rechtmäßig erworben scheint sie nicht zu sein. Darum ist es das Beste, du verlässt jetzt schnell dieses Haus!«

»Aber …«

»Hinaus!«

Max verspürt quälenden Hunger. Ihm bleibt nichts anderes übrig, als an verschiedenen Türen anzuklopfen und um Brot zu bitten. Von zwei mildtätigen Bäuerinnen erhält er etwas Brot; nicht sehr viel, denn Getreide ist knapp in diesem Jahr.

Er wandert den ganzen Tag weiter in die Richtung Lahn. Am Abend kehrt er wieder in einem Wirtshaus ein. Auch hier will der Wirt als Erstes wissen, ob er denn bezahlen könne.

»Ich habe gutes Silbergeld«, sagt Max und zeigt die Münze vor. Der Wirt macht große Augen, als er sie sieht. Max erhält daraufhin reichlich Essen und Trinken und bekommt anschließend ein Nachtlager zugewiesen.

Nach dem Frühstück will Max den Wirt bezahlen. Dieser nimmt die Silbermünze in Empfang. Anstatt aber Max nun das überschüssige Geld herauszugeben, sagt er: »Ich habe mir das überlegt, mein Lieber. Woher hast du denn die wertvolle Münze? Kannst du dich überhaupt ausweisen?«

Max verneint.

»Dann kannst du aber wenigstens sagen, woher du das Geld bekommen hast.«

Weil ihm der andere Wirt die Wahrheit nicht geglaubt hat, sagt er nun einfach: »Ich habe sie geschenkt bekommen.«

»Unsinn!«, schnaubt der Wirt. »Von wem bekommt man so viel Geld geschenkt?!«

Max wird rot und fängt an zu stottern.

»Aha, da haben wir's«, ruft der Wirt. Und dann brüllt er: »Haltet den Dieb! Haltet den Dieb!«

Max springt auf und rennt aus dem Wirtshaus hinaus und die Dorfstraße hinab. Der Wirt denkt nicht daran, ihm nachzulaufen.

»Ihm geht es um die Silbermünze«, weiß Max. »Trotzdem ist er ein Schuft.« Er läuft vorwärts und macht nicht halt. »Was liegt mir an der Silbermünze?«, denkt er bei sich. »In ein paar Stunden habe ich das Schloss des Barons erreicht.«

Tatsächlich kann er bald zwischen den Bergen an manchen Stellen den Flusslauf aufblitzen sehen. »Jetzt bin ich wieder daheim an der Lahn«, denkt er und muss plötzlich weinen. »Aber jetzt wird alles gut!«

Endlich steht er in dem Schlosshof, wo einst die unrühmliche Begegnung mit dem jungen Herrn stattgefunden hat. Ein Bedienter in schmuckem Livree kommt ihm entgegen.

»Was führt dich hierher?«, will er wissen.

»Ich möchte den Herrn Baron sprechen«, sagt Max, und als der Bediente ihn ungläubig anblickt, fügt er hinzu: »Ich bin von ihm bestellt.«

Der Diener lächelt: »Wann hat er dich bestellt?«

»Vor vier oder fünf Jahren!«

»Na, da hast du aber sehr lange gewartet, mein Jüngelchen!«, spottet der Mann. »Und du wirst dich auch noch eine Weile gedulden müssen.«

»Aber der Herr Baron hat mich wirklich bestellt.«

»Das mag schon sein, aber jetzt ist er zu seinem Waldschloss in Böhmen gereist. Vor Jahr und Tag kehrt er nicht zurück.«

Max verliert den Boden unter den Füßen und sinkt in Ohnmacht. Als er wieder zu sich kommt, liegt er in der Küche des Schlosses auf einer Bank. Eine resolut wirkende Frau redet auf ihn ein. »Einfach auf dem Schlosshof vor Entkräftung umzusinken, das nehmen wir nicht hin. Stärke dich erst einmal, mein Lieber, bevor du weiterwanderst!« Und sie holt Brot und Speck und schenkt Most in einen Becher ein. Max ist so enttäuscht, dass er gar nicht viel reden kann, aber die mütterliche Fürsorge der Frau tut ihm gut. Sie bleibt bei ihm sitzen, bis er seine Mahlzeit beendet hat; dann läutet sie eine Glocke. Kurz darauf kommt der Bediente in die Schlossküche.

»Was gibt es, Frau Gritt?«

Und Frau Gritt ordnet an: »Geleite diesen jungen Mann bis ans Tor!« Als Max die Küche verlässt, drückt ihm die freundliche Frau noch ein Stück Brot als Proviant in die Hand.

»Das hätte unsere Kleine jetzt auch gemacht!«, sagt sie.

Max erinnert sich genau an den Weg zur Köhlerhütte. »Ich will Mutter Agnes, Vater Andreas und Louisa besuchen«, nimmt er sich vor, »sie wissen vielleicht Rat.«

Das Waldschloss in Böhmen

Nach einer regnerischen Nacht und einem nebligen Vormittag ist nun endlich die Wolkendecke aufgerissen. Das Sonnenlicht bricht sich in Abertausenden von Regentropfen und sorgt so für ein überwältigendes Funkeln und Glitzern.

»Wie schön es draußen geworden ist«, sagt Louisa. »Am liebsten möchte ich jetzt im Park spazieren gehen.«

»Das ist eine gute Idee«, meint der alte Herr, der dem Mädchen am Tisch gegenübersitzt. »Dann lass uns zusammen einen Spaziergang machen! Allein schickt es sich nicht für ein Mädchen, durch den alten Park zu laufen. Da wir keine andere männliche Begleitung für dich haben, Louisa, werde ich selbst wohl, wenn du es gestattest, dir meinen Schutz anbieten. Oder schämst du dich mit mir?«

»Also, Herr Pate, natürlich schäme ich mich. Eine junge Dame sollte doch eher mit einem jungen Herrn spazieren gehen. Allerdings gibt es niemanden, mit dem ich mich lieber schämen würde als mit Euch!«

Der alte Herr lacht. »Na, dann steht ja unserem gemeinsamen Spaziergang nichts mehr im Wege.« Kurz darauf schreitet er mit dem jungen Mädchen am Arm durch den gepflegten Schlosspark mit seinen hohen Bäumen.

»Wie schön! Wie das funkelt und glitzert! So eine Pracht habe ich zu Hause bei Mutter und Vater in der Köhlerhütte niemals gesehen.«

»Dort gibt es auch glitzerndes Blattwerk nach dem Regen, wenn die Sonne herauskommt. Damals hast du wahrscheinlich noch nicht darauf geachtet.«

»Jetzt fällt es mir umso mehr auf.«

»Deinen Äußerungen, liebe Louisa, entnehme ich, dass es dir hier im Böhmerland gut gefällt.«

»O ja, Herr Pate, hier gefällt es mir ausnehmend gut. Es ist hier wunderschön ruhig. Nachts kann man herrlich ungestört schlafen …«

»Aber zu Hause, Louisa, in unserem alten Schloss an der Lahn, da ist es doch auch ruhig. Da kann man doch eigentlich auch ungestört schlafen?«

»Ja, eigentlich schon, Herr Pate.«

»Deine Antwort stellt mich nicht ganz zufrieden, Louisa«, meint der Baron nachdenklich. »Dann hat es doch wohl Störungen oder irgendwelche Belästigungen gegeben?«

»Ich möchte nicht gerne darüber reden, lieber Herr Pate.«

»Deine Zurückhaltung will ich respektieren, Louisa, aber ich muss doch auch darauf bestehen, dass du mir wahrheitsgemäß berichtest, was dich daheim geärgert hat. Denn schließlich bin ich als dein Pate für dein Wohl verantwortlich, nicht wahr?«

»Könnt Ihr mir das nicht ersparen?« Louisa zittert.

»Kind, jetzt bin ich aber ernsthaft in Sorge. Hängt damit deine dringende Bitte zusammen, ich möchte dich mit in das böhmische Waldschloss nehmen? Ich hatte es ja sowieso schon vorgesehen.«

Louisa schluckt. »Ich kann nicht darüber reden.«

»Und wenn ich verspreche, Louisa, dass ich von dem, was du mir jetzt noch nicht sagen willst, mir aber später vielleicht doch anvertraust, niemals öffentlich Gebrauch machen werde … würdest du mir dann verraten, warum du jetzt so zitterst?«

Louisa bricht in Tränen aus. »Ich möchte Euch ja alles sagen, aber es würde Euch sehr wehtun. Und ich möchte Euch doch nicht wehtun, denn Ihr seid … Ihr seid doch der einzige Mensch, den ich habe … und Frau Gritt noch«, fügt Louisa schluchzend hinzu.

Der Baron nimmt Louisa in den Arm und sieht ihr in die Augen. »Es gilt, was ich eben zusicherte. Ich werde niemals Gebrauch davon machen, was du mir jetzt erzählst. Vertrau mir!«

Louisa schluckt noch immer.

»Nun?«

»Es ist … es ist Euer Neffe.«

»Mein Neffe? Mein Neffe Karl Adolf?«

Louisa nickt.

»Was hat er sich zuschulden kommen lassen?«

»Er stellt mir nach und bedrängt mich, dass ich ihn in meine Kammer lassen soll.«

»Sprichst du die Wahrheit?«

»Ja, Herr Pate. Er lauert mir oft auf und versucht mich zu küssen. Manchmal ist er auch nicht nüchtern. Wenn ich ihn dann abwehre, beschimpft er mich als Köhlerdirne oder als … hochmütige Gans.«

»Seit wann belästigt er dich?«

»Das geht schon monatelang so. Abends klopft er oft an mein Kammerfenster und ruft mich.«

»Merkt Frau Gritt denn nichts davon?«

»Doch, sie weiß es auch, aber sie sagt, da könne man nichts machen. Der Neffe werde irgendwann einmal der Schlossherr. Und sie meint, das Beste wäre es, wenn ich gar nicht mehr im Schloss wohnte.« Louisa beginnt erneut zu schluchzen.

»Kind, noch bin ich der Herr des Schlosses. Und ich werde nicht dulden, dass mein Neffe dich fernerhin belästigt. Und ich werde Maßnahmen ergreifen, die ihm in Zukunft solche Dinge unmöglich machen.«

»Vergesst Euer Versprechen nicht, niemandem davon etwas zu sagen, Herr Pate, bitte … ich möchte nicht, dass …«

»Schon gut, Kind, lass alles andere meine Sorge sein. Vertrau mir! Und ich alter Esel habe geglaubt, er käme in letzter Zeit aus Anhänglichkeit zu mir so oft ins Schloss …«

Heimatlos

Der Meiler hinter der Köhlerhütte raucht nicht mehr. Das fällt ihm als Erstes auf. »Vater Andreas hat den Meiler ausgehen lassen«, denkt Max. »Ob er vielleicht in der Umgebung unterwegs ist und Kohlen verkauft?«

Drei Dutzend Schritte vor der Hütte bleibt er unwillkürlich stehen. Hier ist alles irgendwie anders. Disteln und Brennnesseln wuchern rund um das Haus, es gibt kein Gegacker von Hühnern wie sonst immer, und auch die Gänse, die Mutter Agnes zu mästen pflegte, sind nirgendwo zu sehen. Während er näher auf die Hütte zugeht, wird es ihm zur traurigen Gewissheit: Das Haus ist unbewohnt. Und das muss auch schon längere Zeit so sein, denn alles sieht verfallen und verwildert aus.

Die in die Erde eingelassene Bank vor der Hütte steht noch an ihrem Platz. Max lässt sich darauf nieder. Er braucht nicht an die Tür zu klopfen, denn es ist deutlich zu sehen, dass hier niemand mehr wohnt. Ihm kommen Erinnerungen an vergangene Tage. Er denkt an seinen ersten Besuch hier, an den Tag, als Mutter Agnes ihm die Jacke ihres im Krieg gefallenen Sohnes schenkte, an den Abend, als Vater Andreas die Geschichte von der blauen Blume erzählte, an das Erlebnis mit dem jungen Reiter im Schlosshof, als er Louisa vor dem Peitschenschlag schützte.

Ihm kommen die Tränen. Wo sind die drei lieben Menschen geblieben? Die öde Köhlerhütte kann ihm darüber keine Auskunft geben. Nach einiger Zeit erhebt er sich. Hier hat er keine Bleibe. Er weiß, dass er sich irgendwo eine Arbeit suchen muss, um ein Auskommen zu haben.

Man schreibt das Jahr 1817, ein Jahr, in dem es seit Monaten nicht geregnet hat. Auf den Feldern ist nichts gewachsen, es gibt kein Gras für das Vieh, das immer dürrer wird und nach und nach notgeschlachtet werden muss. An der Lahn, auf dem Westerwald, im Taunus und noch darüber hinaus hungern die Menschen in jedem Dorf. Das Jahr geht später als Hungerjahr in die Geschichte ein. Brot wird zu einem schwindelerregenden Preis verkauft, sodass sich kaum einer leisten kann, einen Laib zu kaufen. Jeder Hofbauer ist froh, die eigene Familie durchzubringen. Niemand denkt daran, sich noch einen Arbeiter und damit einen weiteren Esser ins Haus zu holen.

Max durchwandert Dorf um Dorf und fragt in jedem nur einigermaßen ansehnlichen Haus nach Arbeit. Er muss aber feststellen, dass die mitleidlose Welt durch die Not noch mitleidloser geworden ist. Seine Bitten und sogar seine Tränen stoßen überall auf taube Ohren. Hier und da sind die Menschen nicht ganz unempfindlich für seine Verlassenheit und Armut und geben ihm wenigstens ein Stück Brot, bevor sie ihn weiterschicken.

Ohne es geplant zu haben, kommt er wieder in die armen Westerwalddörfer. Hier werden die Brotstücke, die man ihm reicht, immer kleiner. Je höher er auf das Gebirge kommt, desto größer ist die Not. Max stillt seinen Hunger mit Beeren, die im Wald an feuchten Stellen gewachsen sind, und mit Kräutern, die am Rand der fast versiegten Bäche wachsen.

Wenn er in einem Dorf um eine Gabe bittet, starrt man ihn aus hohlen Augen und abgemagerten Gesichtern an, als wolle man sagen: »Was willst du denn? Wir müssen auch verhungern.«

Zuletzt wagt Max es nicht mehr, überhaupt noch jemanden anzusprechen. Und dabei tut der Hunger entsetzlich weh. Vor allem weil sich hier im Gebirge schon der Winter mit erstem Schneetreiben bemerkbar macht.

Warum kehrst du nicht auf den Knötches-Hof zurück?, denkt er plötzlich. Dort hattest du zwar nicht den großen Überfluss, aber es gab doch immer satt zu essen. Und eine warme Stube hattest du auch ... Ja, es müsste herrlich sein, sich wieder einmal richtig satt zu essen.

»Nein«, denkt er dann wieder, »ich habe es der Mutter versprochen. Ich will kein schlechter Mensch werden. Und zurück zu Herrn Justus und zu dem Grauen? Nein!«

Die Leibsprüche seines alten Lehrers fallen ihm wieder ein. Wie war das noch? »Rufe mich an in der Not, so will ich dich erretten und du sollst mich preisen.«

Oder: »Ich bin jung gewesen und alt geworden und habe nie gesehen den Gerechten verlassen und seine Kinder nach Brot gehen.«

Mit den Sprüchen kommt ihm nun der Gedanke an den Lehrer selbst. »Ich will zu Herrn Zitz gehen, zu diesem klugen Mann mit dem starken Glauben. Der wird mir raten können.«

Max ist gar nicht weit von seinem alten Heimatdörfchen entfernt. Nun lenkt er seine Schritte dorthin. Todmüde und ausgehungert kommt er gegen Abend dort an. Er klopft an die Haustür und erlebt eine böse Überraschung. Ein anderer Lehrer ist dort. Herr Zitz hat mit seiner Familie vor gut einem halben Jahr das Dorf verlassen, um eine einträglichere Stelle im Taunusgebirge anzutreten.

Mit letzter Kraft erreicht Max, einer Ohnmacht nahe, die Hütte, in der Elsewitt mit den beiden kleinen Mädchen wohnt. Dort sinkt er kraftlos zusammen. Ganz düster erinnert er sich später daran, dass er etwas zu essen bekam und dann in ein weiches, warmes Bett gesunken ist.

Max schläft bis zum nächsten Mittag.

»Wo sind die beiden Mädchen, Mutter?«, fragt er. »Darf ich sie sehen?«

»Nein, Max, das solltest du besser nicht tun. Sie sind beide ansteckend krank und haben die Hitze. Du könntest dir selbst die Krankheit holen.«

Sie schaut ihm in die Augen. »Komm erst einmal zu Tisch und iss, Max! Vielleicht kannst du dann etwas für mich und die Kleinen tun.«

Ein dampfendes Mittagessen steht auf dem Tisch. Danach fühlt Max sich gleich viel kräftiger.

»Max, bist du soweit gesund, dass du einen Gang für mich tun kannst?« Elsewitt richtet ihre rot geweinten Augen fragend auf ihn.

Max nickt.

»Ich habe hier ein Paket, das muss zu dem Krämer ins Nachbardorf gebracht werden«, fährt sie fort. »Es hätte gestern schon dort sein sollen, aber ich konnte nicht von den kranken Kindern weg. Es ging einfach nicht. Wenn aber der Kaspar heimkommt und es ist noch nicht abgeliefert, dann schlägt er mich tot. Er ist ein ganz wilder Mann geworden, Max, man kennt ihn fast nicht mehr.«

Max erzählt ihr nun seine Erlebnisse. Dass er den Baron nicht angetroffen hat, weil der in Böhmen in seinem Waldschloss ist und dass er dann gehungert hat und den Lehrer Zitz aufsuchen wollte.

»Dort bist du gut aufgehoben«, sagt Elsewitt und weint. Sie weint wohl darüber, dass sie den Jungen, der ihr ans Herz gewachsen ist, immer wieder in die Fremde schicken muss. Vielleicht weint sie auch über ihre kranken Kinder, vielleicht auch über ihre unglückliche Beziehung zum Löffelkaspar. Vielleicht auch über alles zusammen.

Max hat den Eindruck, dass sie ihm nur mit halbem Ohr zuhört. Mit ihren Gedanken scheint sie ganz woanders zu sein. »Das wundert mich nicht«, denkt Max. »Die unaufhörliche Angst, Sorge und Not müssen ihr ja halbwegs den Verstand rauben.«

»Du musst die Nacht drüben in dem Dorf bleiben«, sagt Elsewitt. »Der Kaspar kommt heute heim und dann ist es gut, wenn du aus dem Weg bist. Morgen früh kommst du und dann gebe ich dir das Reisegeld, damit du deinen alten Lehrer im Taunus aufsuchen kannst.«

Sie gibt ihm ein Stück Brot und das Paket. Max hebt es hoch und wiegt es mit der Hand. Es ist außergewöhnlich schwer. Auf einmal überläuft es ihn kalt. Schaudernd legt er es wieder hin. »Ist da falsches Geld drin, Mutter?«, fragt er.

»Ja«, sagt die Elsewitt und blickt ihn mit ihren rot geweinten Augen ängstlich und flehentlich an.

Max zögert einen Augenblick und überlegt: Was hat diese Frau, die nicht meine Mutter ist, aber doch immer wieder Mutterstelle an mir zu vertreten sucht, was hat sie nicht alles für mich getan und erlitten? Und nun die Seelenangst um die beiden kranken Mädchen …

Er kann nicht anders und greift wieder nach dem Päckchen. Die Elsewitt schluchzt laut auf. Auch Max muss weinen und stürzt hinaus, um das Paket an seinen Empfänger zu bringen. »Lieber Gott, verzeih mir, dass ich einmal den Falschmünzern einen Dienst erweise«, sagt er, wie zur Beruhigung seines Gewissens, zu sich selbst.

Es hat schon geschneit, als er aus der Haustür tritt. Kaum ist er einige Hundert Schritte weit gegangen, da wird das Schneetreiben immer dichter. Schließlich verwandelt es sich in einen der schrecklichen Schneestürme, wie sie auf der Hochfläche des Westerwaldes im Winter vorkommen.

Max vergeht Hören und Sehen. Es ›jeikt‹, sagt der Westerwälder, und Max weiß, was das bedeutet. Bald hat er alle Orientierung verloren. Er will nun nicht mehr sein Ziel erreichen, denn das wird er jetzt nicht mehr finden können. Er kämpft nur noch um sein Leben. Er traut sich allerdings nicht, Gott um Hilfe zu bitten. Hat er nicht unrechtes Gut auf der Schulter? Da darf man doch nicht beten …

Inzwischen ist es finstere Nacht geworden. Plötzlich sieht er ein Licht vor sich im Schneetreiben. Er stapft darauf zu. Als er näher kommt, erkennt er das Haus. Es ist das Wirtshaus, in das er damals von dem Grauen gebracht worden ist. Ohne zu zögern tritt er ein.

Max erkennt den Wirt. Außer ihm sind noch mehrere Gäste in der Wirtsstube, sie haben wohl ebenfalls vor dem schrecklichen Wetter hier Schutz gesucht.

Max ist erleichtert. Er wünscht »Guten Abend!« und lässt das schwere Paket vom Rücken auf die Bank gleiten.

Und da geschieht es. Die Verpackung ist vom Schnee ganz aufgeweicht und bricht auseinander. Die blanken Taler rollen in der Stube herum. Max ist maßlos erschrocken. Noch größer aber wird sein Schreck, als sich ein Landreiter, wie man hierzulande die Polizisten nennt, plötzlich erhebt, einen Taler anschaut und auf dem Tisch klingen lässt. Er horcht prüfend auf den Klang des Talers.

»Das ist falsches Geld!«, ruft er voller Wut. »Habe ich endlich einen von der Falschmünzerbande? Du bist mein Gefangener, Jüngelchen!«

Er legt Max Handschellen an. Dem Jungen ist zumute, als wenn er sterben müsste.

Böhmische Episode

Auf der südlichen Seite des Erzgebirges, der böhmischen Seite, wo das Schloss des Barons von Langenberg liegt, gibt es oftmals auch noch spät im Jahr sonnige, warme Tage. An einem solchen Tag spaziert Louisa durch den Schlosspark. Auf einer steinernen Bank nimmt sie Platz, um die vielleicht letzten warmen Sonnenstrahlen des Jahres zu genießen. In Gedanken erlebt sie noch einmal die Reise, die sie in einer bequemen

Kutsche mit ihrem Paten bis nach Prag gemacht hat. Prag, die alte Hauptstadt Böhmens, hat sie sich unter sachkundiger Leitung ihres Paten anschauen dürfen. Lange ist sie im Veitsdom auf dem Hradschin gewesen, lange hat sie auch auf der Brücke gestanden, von der seinerzeit der Beichtvater einer böhmischen Königin in die Moldau gestürzt wurde, weil er gegenüber dem König das Beichtgeheimnis auf keinen Fall brechen wollte.

Der Baron hat in Prag alte Bekannte besucht, vor allem einige Verwandte seiner Schwiegertochter. Auch deren Angehörige finden keine Erklärung, wo sie geblieben sein könnte, damals mit dem Kind. Allerdings, die Zeiten waren kriegerisch, unsicher ... jeder hatte seinerzeit seine Last mit sich selbst. Warum war sie auch nicht nach dem Tode ihres Mannes zu ihren Geschwistern gekommen, sondern hatte sich auf den Weg in den Westen gemacht?

Nun will der Baron den Winter über hierbleiben und im nächsten, vielleicht auch erst im übernächsten Sommer heimkehren.

»Was sollen wir an der Lahn, Kind?«, fragt er sie immer wieder einmal. »Hier ist das Klima angenehmer als dort. Daheim hast du niemanden mehr, ebenso wenig habe ich Menschen, deren Gegenwart ich vermisse. Lass uns also hierbleiben!«

Sie fühlt sich wohl in der Nähe des väterlich für sie sorgenden alten Mannes, den sie immer noch mit »Herr Pate« anredet. Sie bringt ihm eine kindliche Liebe entgegen und versucht immer wieder, ihm das Leben so angenehm wie möglich zu machen.

Louisa sitzt auf der Bank, lässt sich von der Sonne bescheinen und hält dabei die Augen geschlossen. Plötzlich hört sie Rascheln im Laub. Als sie die Augen öffnet, erschrickt sie: Da stehen mehrere Männer in ihrer Nähe. Sie springt auf und will fortlaufen, aber da tritt ein weiterer Mann hinter einem Baum hervor, dem sie unabsichtlich fast in die Arme gerät.

Sie will schreien, aber der Mann legt ihr die Hand auf den Mund.

»Ruhig, Baroness! Dann geschieht nichts. Aber wenn rufen, dann …« Er macht eine unmissverständliche Geste, die ›Halsabschneiden‹ bedeutet.

Die anderen Männer kommen näher. »Du musst keine Angst haben, Vögelchen«, sagt ein älterer Mann mit schwarzem Haar und einem ungepflegten langen Bart zu ihr. »Wir wollen dich wegbringen vom Schloss. Wenn du schreist, wir müssen dich knebeln mit Tuch.«

Ein anderer sagt: »Nicht schreien! Dann ist es besser für junge Frau.«

Louisa sieht die Nutzlosigkeit ihrer Gegenwehr ein. Warum ist sie auch ganz allein an das Ende des Parks gegangen und hat sich dort längere Zeit aufgehalten? Von den wenigen Gärtnern des Schlosses ist keiner hier hinten, weil sie heute vorne im Park die Beete winterfertig machen.

Einer zieht ein schmuddeliges Tuch hervor und sagt: »Wir machen blind.«

Louisa muss es sich gefallen lassen, dass man ihr die Augen verbindet.

»Lasst mich los!« Sie versucht, nicht zu schreien. »Ihr Schufte, wo bringt ihr mich hin?«

»Nicht laut, junge Frau! Dann geschieht nichts!«

Man führt sie eine lange Strecke durch das raschelnde Laub, setzt sie schließlich in einen Wagen und ist dann wieder lange Zeit unterwegs. Die Männer reden in ihrer Sprache miteinander, von der Louisa nicht ein einziges Wort versteht.

Endlich machen sie halt. Louisa wird aus dem Wagen gehoben und vorwärtsgestoßen. Ihre Schritte werden in ein Haus gelenkt. Sie hört die Tür ins Schloss fallen und einen Schlüssel quietschen.

Jemand entfernt die Binde von ihren Augen. Sie befindet sich in einem mäßig großen Raum mit vergittertem Fenster.

Vier Männer haben sie hergebracht, das nimmt sie jetzt erst wahr.

»Was soll das? Warum überfallt ihr mich und schleppt mich fort? Und warum sperrt ihr mich hier ein?«

»Warten«, sagt einer der Entführer, »ich hole Frau!«

Er verlässt den Raum und kommt kurz darauf mit einer jungen Frau zurück. Sie hat breite Wangenknochen und leicht schräg stehende Augen. Hübsch sieht sie aus, denkt Louisa.

»Ich bin Libussa«, sagt die junge Frau. »Ich habe lange bei Deutschen gewohnt, deswegen kann ich Deutsch sprechen.«

»Bitte«, fleht Louisa die junge Frau an. »Sagt mir doch, was das alles zu bedeuten hat. Warum werde ich von ganz und gar fremden Menschen hinterrücks überfallen und fortgeschleppt? Ich bin mir keiner Schuld bewusst. Verwechselt man mich nicht mit jemandem?«

»Nein, nein, es ist keine Verwechslung«, sagt da Libussa. »Ihr nennt Euch Louisa. Das wüsste ich nicht, wenn es nicht um Euch ginge. Aber beruhigt Euch. Ihr sollt wieder frei werden.«

»Aber welchen Sinn macht es, mich zu fangen?«

»Das werdet Ihr sicherlich noch erfahren.«

»Ich bin sicher, dass der Baron sich schrecklich ängstigen wird.«

»Ja, ja, der Baron!«, sagt Libussa. »Jetzt geduldet Euch.« Sie wendet sich zu den noch immer anwesenden Entführern und sagt zu ihnen etwas in tschechischer Sprache. Die Männer verlassen das Zimmer.

»Ich will Euch zeigen, wo Ihr in der nächsten Zeit wohnen sollt«, sagt Libussa nun zu Louisa.

»Wo ich in der nächsten Zeit … wohnen soll?« Louisa schluckt. »Warum? Und wie lange?«

»Das wird sich finden. Vielleicht kommen wir schnell zum Ziel, vielleicht auch nicht. Davon hängt ab, wie lange Ihr hierbleiben müsst.«

»Ihr seid Verbrecher. Was hier geschieht, ist schweres Unrecht!«

»Das mag sein. Findet euch drein!« Libussa öffnet die Tür zu einem kleinen Nebenraum. »Hier gibt es die Waschgelegenheit für Euch. Und gleich nebenan ist die Toilette.«

Auf einem Waschtisch steht eine angeschlagene Schüssel neben einem Wasserkrug. »Wasser bringe ich Euch jeden Morgen, damit Ihr Euch waschen könnt«, ergänzt Libussa. »Ich bin dafür verantwortlich, dass Ihr versorgt werdet.«

Louisa holt tief Luft. »Ich bin die Tochter eines Köhlers. Ich bin im Wald aufgewachsen. Ich bin es gewöhnt, ohne Luxus zu leben. Ich bekomme nicht schnell Angst. Aber das hier ...?«

»Es wird laut im Haus sein. Meine Kinder leben hier mit meinem Mann und mir. Man hat dieses Haus zu Eurem Aufenthalt bestimmt. Ich wollte das nicht gern so haben. Aber dieses Haus ist gut geeignet, um Euch zu verbergen, weil es ringsum von einer hohen Mauer umgeben ist. Ihr könntet nicht fliehen, und niemand kann das Haus und das Grundstück einsehen. Man kann Euch hier nicht entdecken. Denn dass man Euch suchen wird, ist sicher. Der Herr Baron ...«

»... wird sehr in Sorge geraten und nach mir suchen lassen. Warum lasst Ihr mich nicht frei und bringt mich zurück?«

»Das geschieht, sobald unser Ziel erreicht ist.«

»Darf ich wenigstens gelegentlich im Garten spazieren gehen?«, fragt Louisa.

»Das ist abends möglich, wenn meine Kinder schlafen. Über Tag dürft Ihr Euch am Fenster nicht sehen lassen. Meine beiden kleinen Söhne sollen nicht wissen, dass eine Fremde im Haus wohnt.«

»Ich muss mich also als eine Gefangene betrachten, die fast immer eingesperrt ist?«

Libussa zuckt die Schultern.

»Sagt mir doch, warum ich hier gefangen gehalten werde! Ich kann es dann besser verstehen!«

Libussa zuckt erneut die Schultern.

Louisa hat in den nächsten Tagen viel Zeit zum Nachdenken. Die dünnen Vorhänge am Fenster darf sie nicht zur Seite ziehen, sodass sie die Sonne nicht sieht. Stundenlang liegt sie auf dem Strohsack, der als Matratze dient. Auf dem wackligen Stuhl mag sie nicht sitzen, da der den Eindruck erweckt, als könnte er jeden Augenblick zusammenbrechen.

Bücher in deutscher Sprache oder auch sonst irgendeine Unterhaltung gibt es nicht. Louisa sagt sich alle Liedbuchverse her, die sie bei Mutter Agnes und in der Schule gelernt hat. Sie lässt ihr ganzes Leben langsam und haargenau an ihrem inneren Auge vorübergleiten. Dann versucht sie, alles in französischer Sprache zu sagen, was sie seit einigen Jahren gelernt hat. Doch nach ein paar Tagen verfällt sie in tiefe Traurigkeit. Sie versteht gar nichts mehr.

Irgendwann fällt ihr das Lieblingslied von Mutter Agnes ein. In letzter Zeit hat sie es fast vergessen, aber nun kommt ihr die erste Strophe nach einigem Überlegen vollständig in den Sinn. Sie singt es sogar leise vor sich hin.

»Auf meinen lieben Gott trau ich in aller Not; der kann mich allzeit retten aus Trübsal, Angst und Nöten, mein Unglück kann er wenden, steht all's in seinen Händen.«

Noch einige Male singt sie diese Strophe. Dann kommt sie ins Grübeln: Warum hat Gott es zugelassen, dass die Männer sie hierher verschleppten? Sie kann keinen Sinn darin sehen. Es ist alles so unverständlich. Eine Antwort findet sie nicht auf ihre Fragen. Aber sie wendet sich im Gebet an Gott und klagt ihm ihre Not.

Durch ihre eigene Betrübnis fällt es ihr erst gar nicht auf, dass sie schon einige Tage lang die Kinder nicht mehr gesehen oder gehört hat. Endlich bemerkt sie, dass Libussa, die sie immer mit Essen versorgt, sehr bedrückt ist. Sie fängt sogar in Louisas Gegenwart an zu weinen.

»Libussa, was ist mit Euch? Geht es Euch nicht gut?«

Libussa schüttelt weinend den Kopf.

»Habt Ihr einen Kummer?«, fragt Louisa teilnahmsvoll. Libussa nickt. »Wollt Ihr mir nicht sagen, was Euch bedrückt?«

»Die Kinder …«, schluchzt Libussa, »sind schwer krank.«

Jetzt erst wird Louisa bewusst, dass sie die beiden munteren Jungen in den letzten Tagen nicht mehr gehört oder durch den Vorhang gesehen hat. Ihr Interesse an der Erkrankung ist erwacht.

»Was fehlt denn den Kindern?«, erkundigt sie sich.

»Ach«, sagt Libussa traurig. »Was nützt es, dass ich Euch das erzähle. Ihr könnt doch auch nicht helfen. Ach, meine armen Kinder, sie werden sterben!« Die verzweifelte Mutter bricht in Tränen aus.

»Woher wollt Ihr wissen, dass ich nicht helfen kann, Libussa?«, fragt Louisa. »Sagt mir doch, an welcher Krankheit die Kinder leiden. Ich kann Euch möglicherweise doch sehr nützlich sein. Denn von meiner Mutter kenne ich die Heilkunst.«

Libussas Gesicht hellt sich auf. »Ihr seid in der Heilkunst bewandert?«

»Meine Mutter kannte sich mit Heilkräutern sehr gut aus. Aber nun sagt mir, was mit Euren Kindern los ist. Am besten lasst Ihr mich die Kinder anschauen.«

»Ich habe Angst. Wenn Ihr nun fortlauft … ach, meine armen Kinder!«

»So verriegelt die Haustür! Dann könnt Ihr sicher sein, dass ich nicht entfliehen kann.«

Libussa kämpft mit sich. Dann nimmt sie Louisa an der Hand und führt sie aus dem Zimmer zur Treppe nach oben. Louisa stellt fest, dass sich die Kinder in einem jämmerlichen Zustand befinden. Teilnahmslos liegen die beiden auf ihren Bettchen. Um die Augen sind tiefe Ringe zu sehen.

»Sie müssen dringend Wasser bekommen«, sagt Louisa als Erstes. »Wenn sie keine Flüssigkeit zu sich nehmen, werden sie wirklich bald sterben.«

Libussa schreit schluchzend auf.

»Jetzt nützt es nichts zu weinen. Wir müssen einen klaren Kopf behalten.« Louisa meint, Mutter Agnes aus sich sprechen zu hören. »Sagt mir, was ist! Leiden sie an Durchfall?«

»Ja«, nickt Libussa, »Durchfall und Erbrechen.«

»Um den Durchfall zu bekämpfen, brauchen wir dringend Eichenrinde. Irgendwo hier im Wald stehen bestimmt Eichen, und im Herbst ist ihre Rinde sogar besonders wirksam. Schickt jemand aus, der ein Stück Rinde von einer Eiche ablöst!«

Libussa schaut Louisa ungläubig an. »Das hilft?«, fragt sie.

»Es kann helfen, Libussa. Ob es immer wirkt, das weiß ich nicht. Aber was wollt Ihr sonst tun? Wollt Ihr Eure Kinder tatenlos sterben lassen?«

Libussa schreit wieder laut auf.

»Eichenrinde«, sagt Louisa. »Schafft Eichenrinde herbei!«

Libussa öffnet das Fenster und schreit einige Sätze in den Wald hinaus. Nach kurzer Zeit erscheint ein Mann an der Haustür. Libussa erklärt: »Das ist mein Mann, der Vater der Kinder. Er ist als Wächter aufgestellt, falls Ihr entfliehen wollt.«

»Das will ich doch nicht!«, sagt Louisa fast ärgerlich. »Ich möchte den Kindern helfen.«

Libussa spricht längere Zeit in tschechischer Sprache mit ihrem Mann, der vor der verschlossenen Tür steht. Der Mann entfernt sich und kommt kurz darauf zurück. Libussa lässt ihn ein. Er hat ein großes Stück Eichenrinde in der Hand. Louisa entreißt es ihm fast.

»Das ist gut«, sagt sie. Als sei es die größte Selbstverständlichkeit, geht Louisa in die angrenzende Küche, nimmt einen Topf von der Wand, gibt etwas Wasser hinein und beginnt die Eichenrinde, nachdem sie sie gewaschen hat, in winzig kleine Stücke zu zerschneiden. Etwa zwei Löffel davon gibt sie in ein wenig Wasser. »Das muss jetzt eine Stunde stehen. Dann müssen wir den Sud kochen und anschließend wieder stehen lassen, bis es abgekühlt ist. Dann erst dürfen die Kinder davon schluckweise trinken.«

Libussa schaut wieder nach den Kindern. »Aber das dauert so lange, bis die Kinder trinken dürfen.«

»Richtig«, sagt Louisa. »Die Eichenrinde ist für die Beruhigung des Darms. Für den Magen müssen wir auch etwas tun.« Sie überlegt kurz. »Mutter hat in solchen Fällen immer Kamillentee mit Baldrian und Kümmel verordnet. Dazu gehört aber auch noch etwas Schöllkraut.«

»Kamille, Baldrian und Kümmel habe ich da. Das andere kenne ich nicht.«

»An einer sonnigen Felswand könnte man jetzt vielleicht noch ein wenig Schöllkraut finden«, überlegt Louisa. »Ich gehe gleich hinaus zum Suchen.« Da fällt ihr ein, dass sie ja eine Gefangene ist. Das hatte sie in ihrem heilkundlichen Eifer ganz vergessen.

»Libussa, Euer Gatte soll mich begleiten. Ich muss Schöllkraut haben.«

Nach einigem Hin und Her hat der Vater der Kinder, der nicht gut Deutsch versteht, begriffen, worum es geht. Louisa hat Libussa beauftragt, ihm zu sagen, er möge sie zu einer sonnigen Felswand führen, weil dort die gesuchte Heilpflanze zu finden sein könnte.

Die junge Gefangene schreitet so schnell aus, dass ihr Wächter mit der Flinte in der Hand Mühe hat, ihr zu folgen. An einer steinigen Wand, die von der Sonne beschienen wird, findet Louisa einige Schöllkrautblätter, die zwar ein wenig gelblich sind, aber noch den begehrten weißen Saft in sich haben. Hastig reißt Louisa die Blätter ab und macht sich auf den Heimweg, ihrem Wächter immer einige Schritte voraus.

Libussa hat daheim bereits aus Kamille, Baldrian und Kümmel einen Tee bereitet. Louisa stellt das Gebräu nochmals auf den Herd und fügt klein geschnittene Blätter des Schöllkrautes hinzu.

»Das wird den Kinder nicht schmecken«, sagt sie. »Und doch müssen sie immer wieder kleine Schlucke davon trinken.«

»Was soll ich machen, wenn sie es nicht trinken wollen?«, fragt Libussa.

»Haltet ihnen beim Trinken die Nase zu. Dann schmeckt es weniger abscheulich«, rät Louisa.

Nachdem der Tee so weit abgekühlt ist, dass er getrunken werden kann, versuchen beide mit vereinten Kräften, den Kindern etwas davon einzuflößen. Es gelingt, wenn auch mühsam.

Den ganzen Tag über geben sie den matten Patienten diesen Magentee ein. Am Abend kommt dann der bittere Sud von der Eichenrinde an die Reihe. Es gelingt nur deshalb, weil die Kinder nicht die Kraft haben, sich gegen die Erwachsenen zu wehren. Noch einen weiteren Tag kämpfen Libussa und Louisa um das Leben der Kinder, dann wird es langsam besser mit ihnen. Der Durchfall ist zum Stillstand gekommen, und den ersten Brei konnten sie schon zu sich nehmen, ohne ihn gleich wieder zu erbrechen.

Libussa ergreift Louisas Hand. Sie weint plötzlich. »Ich bin nicht daran schuld, dass man Euch entführt hat. Ihr habt mir meine Kinder gerettet …«

»Nein, Libussa. Eure Kinder habe nicht ich gerettet, sondern Gott hat mich benutzt, um ihnen zu helfen. Das ist ein großer Unterschied. Darum dankt nicht mir, sondern Gott!«

»Ich wäre glücklich, wenn Ihr nicht mehr unsere Gefangene sein müsstet! Warum bezahlt Euer Vater aber auch nicht das Lösegeld?«

»Wie bitte? Mein Vater? Mein Vater ist doch schon lange nicht mehr am Leben.«

»Ja, ist denn der Baron vom Waldschloss nicht Euer Vater?«

»Ach, liebe Libussa, der Baron ist mein Pate, aber nicht mein Vater. Ich lebe bei ihm, weil ich sonst keinen Menschen mehr habe.«

Wieder beginnt Libussa zu weinen. »Und die Männer haben

geglaubt, dass Ihr die Tochter des Barons seid. Dann zahlt er vielleicht gar nicht das hohe Lösegeld, das man von ihm verlangt.«

»Lösegeld?! Ob mein Pate das bezahlen will, weiß ich nicht. Denn ich bin nicht mit ihm verwandt; auch wenn ich weiß, dass er mich liebt wie ein Vater seine Tochter.«

»Vielleicht wird er bezahlen ...«

»Er soll kein Lösegeld für mich bezahlen! Lasst mich zu ihm zurückkehren. Es ist nicht recht, jemanden einfach zu rauben und ihn dann erst gegen Geld frei zu lassen.«

»Ach Louisa, was wisst Ihr? Wie sagen die Deutschen ... da ist noch eine alte Rechnung offen. Noch vom Vater des Barons her. Jemand meint, er habe noch Geld zu bekommen. Und es geht am schnellsten, wenn man das Kind fängt ...«

»... das gar nicht das Kind ist!«

Libussa weint. »Ich müsste jetzt meine Kinder begraben, wenn Ihr nicht gewesen wäret! Warum habt Ihr meine Kinder gerettet, Louisa, obwohl Ihr doch eine Gefangene seid? Hättet Ihr nicht auch denken können: Was gehen mich die Kinder dieser Tschechen an? Mögen sie doch sterben?« Wieder rollen ihr Tränen über das Gesicht.

»Meine Mutter hat mich gelehrt, was der Sohn Gottes gesagt hat: Liebet eure Feinde, tut wohl denen, die euch beleidigen ... Ich habe nur das befolgt, was er befohlen hat. Ich muss zugeben, dass es mich auch gereizt hat, die kranken Kinder zu retten. Ich wollte wissen, ob ich eine ebenso gute Kräuterkennerin bin, wie meine Mutter es gewesen ist.«

»Sie sollen dir nichts tun, Louisa, du bist ein wertvoller Mensch, sie sollen dir nichts tun. Ich will dich schützen«, ruft Libussa laut.

Louisa wundert sich über den plötzlichen Gefühlsausbruch und das vertraute »Du«, das Libussa gebraucht.

Tags darauf verabschiedet sich Libussa lachend von der Gefangenen.

»Sie bringen Euch zu Eurem Paten zurück«, sagt sie. »Nochmals danke für die Rettung meiner Kinder und – vergebt mir, dass ich Euch gefangen halten musste. Und – vergesst mich nicht.«

Louisa muss sich wieder die Augen verbinden lassen. »Ob sie mich wirklich zurückbringen?«, fragt sie sich plötzlich voller Angst. »Wenn sie mich nur woanders hinfahren? Oder mich gar töten?«

Sie sagt sich wieder ihren Liedvers auf. Dann beginnt sie ihn zu singen, ohne sich um die Männer zu kümmern, die bei ihr sind. »Auf meinen lieben Gott trau ich in aller Not …«

Ein Wagen bringt sie auf schlechten Wegen fort. Die Reise dauert eine lange Zeit, vier, fünf oder vielleicht sogar sechs Stunden. Irgendwann befiehlt man ihr, auszusteigen.

Ein Stück weit wird sie von zwei Männern geführt. Sie hört, dass der Wagen sich entfernt. Dann nimmt ein Mann ihr die Binde von den Augen.

»Du jetzt laufen … dort Schloss«, sagt einer der Männer. Louisa will sich die beiden anschauen, aber sie haben jeder ein dünnes Tuch um den Kopf gebunden, sodass sie die Gesichter nicht erkennen kann.

Langsam geht Louisa auf das Schloss zu, das sie durch die halb entlaubten Bäume erkennen kann. Als sie die Rückseite des Schlosses fast erreicht hat, wird sie von einem Diener bemerkt, der sogleich den Baron ruft. Dieser läuft ihr entgegen.

»Kind, bist du wohlauf?«, ist seine erste Frage. Und als Louisa, der plötzlich die Tränen kommen, nickt, meint er: »Gott sei Dank, dass du wieder da bist!«

Nach einiger Zeit der Ruhe und der Stärkung kann Louisa ihm ausführlich erzählen, was sie erlebt hat. »Ich bin stolz auf dich«, sagt der Schlossherr. »Du hast dich betragen wie eine Dame von hohem Stande und wie eine gute Christin.«

»Herr Pate, habt Ihr denn wirklich Lösegeld für meine Befreiung gezahlt?«

»Freilich, aber das ist nicht der Rede wert.«

Unter schwerem Verdacht

Am nächsten Morgen hat sich das Wetter beruhigt, sogar der Schnee ist schon wieder getaut. Max ist mit Handschellen an den Polizisten gekettet, damit er auf gar keinen Fall fliehen kann. Gemeinsam treten sie die Reise in das nahe gelegene Städtchen an. Der dortige Gefängnisvorsteher ist hocherfreut, als er erfährt, warum Max gebracht wird.

»Endlich haben wir die Falschmünzer zu packen bekommen. Wenn man sonst einen Verdächtigen gefasst hatte, dann musste man ihn bald wieder laufen lassen, weil man ihm nichts beweisen konnte. Aber hier ist die Sachlage klar. Wer ein ganzes Päckchen mit Falschgeld bei sich trägt ...«

Freilich, dass der noch nicht erwachsene Jüngling kein Hauptfalschmünzer sein kann, das liegt auf der Hand. Aber das soll doch nicht mit rechten Dingen zugehen, wenn man nun nicht über den Jungen etwas herausbringen kann. Er wird schon verraten, woher er das Geld bekommen hat.

Vorerst verhält der Junge sich aber sehr eigensinnig. Denn er ist durchaus nicht bereit, irgendetwas zu gestehen. Der Gefängnisvorsteher, zugleich Amtmann des Städtchens, wird immer ratloser. Max sagt sich, dass er auf keinen Fall die Elsewitt beschuldigen darf, denn sonst würde sie möglicherweise eingesperrt, und die beiden kleinen Schwestern wären alleine. So sagt er also nicht, woher er gekommen ist, wohin er gehen sollte – und erst recht nicht, von wem er das Geld bekommen hat.

Der Amtmann droht ihm Schläge an. Nun wird Max richtig verstockt. »Schlagt, so viel Ihr wollt. Ich werde kein Sterbenswörtchen verraten, selbst wenn Ihr mich totschlagt«, erklärt Max. Beim nächsten Verhör sagt er gar nichts mehr.

Der Gefängniswärter erstattet Bericht in die Residenzstadt. Überraschend schnell kommt die strenge Anordnung, Max solle umgehend dorthin überstellt werden. Zwei Landreiter erhalten den Befehl, Max in das Gefängnis der Residenzstadt zu überführen. Es sind zwei rohe Männer, die unterwegs an ihm ihren Mutwillen auslassen und ihn beschimpfen.

Ein richtiges Schauspiel bietet er den Bewohnern der Hauptstadt. Wie ein Lauffeuer hat es sich herumgesprochen, dass man einen schlimmen Falschmünzer gefasst habe. Nun säumen die Schaulustigen die Straßen, durch die er geführt wird.

»Verbrecher!«, rufen die Leute ihm entgegen.

»Gemeiner Schuft!«

»Niederträchtiger Geldfälscher!«

Ein Mann schreit: »Wer Geld nachmacht, betrügt die anständigen Leute.«

Sie begaffen mich wie ein wildes Tier, denkt Max. Alle wollen mich sehen, wenn ich ihnen aber nahe komme, dann weichen sie mir aus. Er versucht, auf gar nichts mehr zu achten. Warum hat er auch nicht gleich ein Geständnis abgelegt? Nun spricht der Schein gegen ihn. Wenn er jetzt seine Verbindung zum Löffelkaspar und seinen Aufenthalt auf dem Knötches-Hof zugibt, kann das böse Folgen für ihn haben. Und wenn der Richter ihm böse gesonnen ist? Wenn sich die Falschmünzerbande auf seine Gefangennahme hin aus dem Staub gemacht hast – wer soll dann bezeugen, dass er nichts mit ihnen zu tun hat?

Und wieder kommt ihm ein Verdacht. Es gibt offenbar Menschen, die ihm feindlich gesonnen sind. Warum haben sie ihn von Kind an verfolgt und der Armut und dem Elend preisgegeben? Was hat der merkwürdige Satz zu bedeuten, den die Elsewitt erlauscht hat: ›Einen Falschmünzer wird er enterben müssen …‹ Er steht diesen Leuten wohl bei der Erreichung eines Zieles im Weg; deswegen soll er in Unwissenheit und Verbrechen untergehen.

Max greift sich an den Kopf. Nun hat er selbst dafür gesorgt, dass sie ihr Ziel erreicht haben. Jetzt kann man ihn tatsächlich als Falschmünzer verurteilen. Und jetzt wird er – wer auch immer gemeint ist – ihn, den Falschmünzer, enterben müssen, wie der vornehme Mann spekuliert hat.

Inzwischen sind die Landreiter mit Max am Kriminalgefängnis angekommen. Dort weiß man aber nichts von der Anordnung, Max in die Residenz zu bringen, und überstellt ihn dem Stadtgefängnis. Dieses ist ein düsteres Gelass unter dem Rathaus, mit dicken Eisenstäben vor den Fenstern.

Als Max in den Raum geschoben wird, schauen manche Gestalten ihn schadenfroh an. Andere interessieren sich überhaupt nicht für ihn, sondern drängen sich um den wärmenden Ofen, denn es ist inzwischen draußen empfindlich kalt geworden. Einige spielen auch Karten oder würfeln und scheinen auf sonst nichts zu achten.

Einer der Männer redet Max an. Er ist von hagerer Gestalt, hat ein verlebtes Gesicht, eingefallene Wangen und ist in recht zerschlissene Kleidung gehüllt, der man es noch ansieht, dass sie einmal teuer gewesen sein muss. Den ganzen Tag lang deklamiert er Verse. Schnell bekommt Max heraus, dass er ein heruntergekommener Schauspieler ist, der wegen betrügerischer Schuldenmacherei eingesperrt wurde.

»Auch du, mein Sohn Brutus?«, flötet der Schauspieler. »Auch dich hat das Verhängnis in diese schwarzen Mauern hingeschleudert? Sag an, mein Sohn, wie kommt dieses ehrliche Auge in diesen Pfuhl der Schmach und Schande? Was sucht die zarte Taube unter den Geiern? Ist dein einnehmendes Äußeres nur der Schafspelz, der um den inneren Wolf herumhängt?«

»Er ist ein Falschmünzer«, ruft da ein Mithäftling.

»Falschmünzer, ha, ein Falschmünzer!«, ruft daraufhin der Komödiant. »So ist also alles falsch an dir. Nichts als falsche Münze: diese treuen Augen, dieses offene, hübsche Gesicht ... wer hätte das gedacht?«

Seine Stimme nimmt einen kläglichen Ton an. »O Welt, o Welt, wie bist du schlecht! Kinder haben die Laster und die Verbrechen der Männer. Säuglinge können nicht warten, bis sie entwöhnt sind, um sich in die Verderbnis der Welt zu stürzen. O weh!«

Er fängt an zu weinen. Unter Tränen ruft er: »Es ist Zeit für dich zu sterben, Coriolan!«

Alle lachen.

Max lacht nicht; die ganze Darstellung soll wohl ein schlechter Witz sein, um die Gefängnisinsassen zu erheitern. Er hält den alten Schauspieler für einen Narren.

Und nun macht der Junge eine merkwürdige Beobachtung. Man behandelt ihn mit großem Respekt. Denn das Wort »Falschmünzer« flößt allen Mithäftlingen große Achtung ein. Es ist, als sei plötzlich ein Mann von höherem Rang unter sie getreten.

»Offensichtlich gibt es bei den Verbrechern auch Rangstufen«, denkt Max. »Und ein Falschmünzer scheint hohe Anerkennung zu genießen.«

In dem schmutzigen und stinkenden Raum hat Max endlich einen Platz gefunden, der ihm als Lager dienen kann. Aber die anderen lassen ihn nicht in Ruhe. Jeder will mit ihm reden, sich bei ihm beliebt machen.

Der Schauspieler sagt: »Hast du nicht ein paar falsche Goldstücke bei dir, die du mir schenken könntest?« Und dann deklamiert er: »Lass mich nicht hungers sterben, edler Mercurio!«

Er zieht ein Kartenspiel hervor. »Wenn du dein falsches Geld nicht verschenken willst, dann kannst du es auch im Spiel verlieren. Hier habe ich einen Satz falscher Karten. Das passt doch gut. Falsche Münzen und falsche Karten! Ach ja, ich bin von Natur ein ehrlicher Mensch und betrüge nie, es sei denn in der Not. Aber wenn ich betrüge, sage ich es stets vorher. Aber die Leute sind ja so entsetzlich dumm, dass sie sich betrügen lassen, obwohl ich sie zuvor gewarnt habe.«

Max hat Mitleid mit dem Mann. »Ihr seht so hungrig aus«, sagt er zu ihm. »Wenn ich doch nur etwas zu essen hätte, damit ich Euch etwas geben könnte.«

»Junge, ich sehe deinen Augen an, dass du das ernst meinst«, flüstert da der Schauspieler. »Ich danke dir!«

Max bittet ihn: »Ich bin so müde von dem langen Fußmarsch, ich würde so gerne schlafen.«

»Das kann ich verstehen«, meint da der Schauspieler und bewacht seine Lagerstätte, damit ihn niemand mehr stört.

Auch am nächsten Morgen kümmert der Alte sich rührend um den jungen Falschmünzer. Max gewinnt den Mann richtig lieb, der sich um ihn sorgt wie ein Vater um seinen Sohn. Nun hat er auch Zeit und vor allem ist es hell genug, die Gesichter der Mithäftlinge zu betrachten. Er erschrickt, als er grauenvolle Flüche, gottlose Verwünschungen und detaillierte Schilderungen von Gräueltaten hört.

Um zehn Uhr morgens steht plötzlich ein Gerichtsdiener in der Tür. Er ist beauftragt, Max zu holen.

»Jetzt komme ich zum Verhör in das Kriminalgericht«, denkt Max. »Ich will nun alles sagen, was ich weiß, und damit mein früheres Unrecht wieder gutmachen.«

Der Gerichtsdiener bleibt vor einem palastähnlichen Gebäude stehen.

»Ist das hier das Kriminalgericht?«, fragt Max ungläubig. »Was soll ich denn hier?«

»Ich weiß es selbst nicht«, antwortet der Gerichtsdiener. »Der Gerichtspräsident, der dort wohnt, hat dich zu sehen verlangt.«

Im Vorzimmer müssen die beiden eine lange Zeit warten. Endlich kommt der Gerichtspräsident. Er ist ein groß gewachsener Herr mit einem Bauch, einem bleichen Gesicht und einer goldenen Brille. In der Hand hält er ein Schnupftabaksdöschen, aus dem er jede Minute eine Prise nimmt. Ansonsten schwingt er das Döschen beim Reden zwischen Zeigefinger und Daumen auf und nieder. Er geht langsam auf Max zu und sieht ihn forschend an.

»Wie heißt du?«, fragt er.

»Ich heiße Maximilian.«

»Das ist der Vorname – und der Familienname?«

»Ich weiß meinen richtigen Familiennamen nicht. Denn der Mann, den ich für meinen Vater gehalten habe, ist seiner eigenen Aussage nach nicht mein Vater.«

»Wer war das?«

»Das war der Löffelkaspar!«

Max will nun mit seinem Geständnis beginnen, aber den Gerichtspräsidenten scheinen die Falschmünzer nicht besonders zu interessieren. Er winkt Max, dass er schweigen möge, dann lässt er durch einen Bediensteten für einige Augenblicke seine Frau herbeibitten. Die Frau ist nicht gerade in einem glänzenden Morgenanzug, außerdem trägt sie Haarwickler um den Kopf. Trotzdem erkennt Max sie sofort.

Das ist die Frau aus meinem Traum, wird ihm schlagartig bewusst. Sie hat mich damals in dem Schloss einschließen lassen. Diese Leute hier sind meine Todfeinde …

»Du siehst, liebe Leonore, dass meine Vermutung mit dem Jungen richtig war, wenn auch der Bericht des Amtmanns nur dürftig war«, sagt der Gerichtspräsident und nimmt eine Prise.

Lange betrachtet die Frau Max durch ihre Lorgnette. Ein triumphierendes Lächeln geht über ihr Gesicht. Dann zischt sie ihrem Gatten etwas ins Ohr, wobei sie Max giftig anblickt.

In diesem Augenblick betritt unvermutet ein junger Mann den Raum. Max erkennt auch ihn sofort. Es ist der Reiter vom Schlosshof, der ihm mit der Peitsche die Augenbraue gespalten hat. Aber auch der junge Mann hat ihn erkannt.

»Wen haben wir denn da?«, ruft er. »Das ist ja der Bube, der mich so meuchlerisch auf das Steinpflaster geworfen hat, Vater. Dann stürzte er sich auf mich und gab mir mit seiner Reitpeitsche drei bis vier heftige Hiebe über das Gesicht, dass es voller roter Striemen war.«

Trotz der Handschellen will Max sich auf den lügnerischen Burschen werfen. Aber der Gerichtsdiener hält ihn zurück. So sagt Max bebend vor Zorn: »Nur ein ehrloser Feigling kann so handeln.«

Nun stürzt sich der Sohn des Hauses auf Max und bearbeitet ihn mit den Fäusten.

»Karl Adolf!«, ruft da der Gerichtspräsident warnend, während seine Gemahlin sagt: »Lass ihn doch das Untier niederschlagen!«

»Gerichtsdiener! Führt den Gefangenen zurück!«, befiehlt da der Gerichtspräsident. Max hört ihn beim Verlassen des Raumes noch sagen: »Ich werde mir vor dem Gerichtsdiener doch keine Blöße geben.«

Kurz darauf sitzt Max wieder im Stadtgefängnis auf seinem Lager. Nun kann er die Tränen nicht mehr zurückhalten. Der Schauspieler bietet ihm einen Schluck Kaffee an, den er gerade »erobert« hat, aber Max schüttelt den Kopf.

»Danke, ich kann jetzt nicht. Man hat mich zum Gerichtspräsidenten geführt und dessen Sohn hat mich dort grausam misshandelt.«

»Das sieht ihm ähnlich! Ich kenne ihn, den Buben. Er ist der Erbe der Freiherrlich Langenbergschen Güter. Vielleicht ist er auch nicht der Erbe, wer weiß das schon?! Denn der wahre Erbe ist verschwunden. Niemand weiß, wo er geblieben ist. – Ha! Über Leichen geht der Weg«, deklamiert er.

Die Enthüllung

Max gerät in große Aufregung. Verwirrende Gedanken schießen ihm durch den Kopf. Es kommt ihm so vor, als falle plötzlich helles Licht in sein Inneres, das schon lange über dem Geheimnis seiner Herkunft grübelt. Wie Mosaikteilchen setzt sich auf einmal alles zusammen: Der alte Schauspieler sagt: »Der wahre Erbe ist verschwunden.« Der vornehme Herr hat gesagt: »Einen Falschmünzer wird er enterben müssen.« Und bei der gespenstischen Unterredung im Knötches-Hof, als man von ihm sprach, hat er da nicht die Worte vernommen: »Er ist der lang gesuchte …«? Sollte er der wahre Erbe sein? Hatte ihn deswegen der alte Baron so verwundert und nachdenklich angesehen? Hatte man ihm so übel mitgespielt, weil man ihn als den wahren Erben irgendwie beseitigen wollte?

»Wisst Ihr Genaueres über den verschwundenen Erben?«, fragt Max hastig den alten Schauspieler.

Der blickt ihm in das gerötete Gesicht. »Ich weiß viel. Ich weiß sogar alles. Aber was geht es dich an?«

»Vielleicht mehr als Ihr glaubt!«

»Nun gut, dann sollst du es wissen«, sagt der Schauspieler. »Mein alter, treuer Freund Momberger, der lange, lange Jahre in den Diensten des Gerichtspräsidenten stand, hat es mir oft genug erzählt. Ihn drückte das Geheimnis wie eine böse Schuld. Aber er hatte nicht den Mut, es an höherer Stelle zu erzählen. Vielleicht hat der Gerichtspräsident ihn auch bedroht. Aus Verzweiflung hat er sich dann dem Trunke ergeben und ist daran zugrunde gegangen. Ich denke, dem Präsidenten war es recht so … Denn die Gräber sind die besten Schweiger bei Verbrechen«, deklamiert er.

»Damals war es, mitten in der wirren Kriegszeit, als alles

ganz durcheinanderging. So hat es mir der selige Momberger erzählt. Preußen war von Napoleon geschlagen worden. Da fuhr die jetzige Gerichtspräsidentin, seinerzeit noch Gerichtsrätin, zu dem böhmischen Waldschloss ihres Schwagers, des Barons von Langenberg. Sie war in Wien gewesen, wo sie einen Besuch gemacht hatte. Nur Momberger begleitete sie. In dem Waldschloss pflegte der Baron jedes Jahr im Herbst eine große Treibjagd abzuhalten. Er wollte dort auch das jedes Jahr von allen Familienmitgliedern erwartete Fest ausrichten. In diesem Jahr sollte aber aus dem Fest nichts werden, denn der einzige Sohn des Barons war gefallen. Das wussten aber die eingeladenen Gäste noch nicht. Sie erfuhren es auf dem Waldschloss, wo sie den Schlossherrn jedoch nicht antrafen und wo auch keine Vorbereitungen zu ihrem Empfang getroffen worden waren. Der alte Herr Baron hatte sich mit seinem Sohn ein wenig überworfen, weil dieser sich der preußischen Seite angeschlossen hatte. Deswegen erfuhr er auch erst spät, dass sein Sohn seinen schweren Verwundungen erlegen war.

Anders war es mit der Gemahlin des jungen Barons. Die hatte schon früher von der Verwundung ihres Gatten erfahren. Auf die Nachricht hin war sie, ohne dass ihr Schwiegervater davon wusste, mit einem Bedienten und ihrem kleinen Sohn Max oder Maximilian …«

Max kann einen leisen Aufschrei nicht unterdrücken.

»Was ist dir denn, mein Junge?«, fragt der Schauspieler.

»Nichts, nichts«, beteuert Max. »Bitte erzählt weiter!«

»Die Gemahlin des Barons kam zu spät. Sie konnte nur noch am Grab des geliebten Mannes weinen. Aber nicht genug des Unglücks. Auf der Rückreise erkrankte plötzlich in einem böhmischen Städtchen der alte Bediente der jungen Baronin. Er starb nach einigen Tagen an einem Fieber, dem damals Tausende zum Opfer fielen.

Die junge Baronin verließ ihren alten, treuen Diener nicht, sondern pflegte ihn in seiner Todesnot. Danach aber erkrankte sie selbst. Die Aufregung und die Pflege hatte sie wohl überanstrengt. Sie bekam einen Blutsturz nach dem anderen und starb wenige Tage später.«

Max muss laut schluchzen. Plötzlich erinnert er sich. Ein Augenblick, so meint er, sieht er eine junge Frau auf einem Bett liegen. Sie streichelt ihm über das Haar und schaut ihn liebevoll an. Ja, das muss sie gewesen sein, kurz bevor sie starb.

»Meine Erzählung berührt dich sehr, mein Lieber«, sagt der Schauspieler geschmeichelt. »Du hättest mich in meinen Glanztagen hören sollen. O tempora, o mores!«

Max nickt. »Bitte erzählt weiter!«

»Niemand verstand die kranke Frau, denn in dem böhmischen Städtchen sprach niemand deutsch, und sie konnte nicht tschechisch reden. So schrieb sie einen langen Brief und gab zu verstehen, dass ihr kleiner Knabe an die Adresse, die auf dem Brief stand, abgeliefert werden solle. Die Überbringer würden reichen Lohn empfangen. Der Zufall wollte es ... oder das Schicksal – O seht des blinden Fatums gräulich Walten! – dass die Gerichtsrätin an dem Tag des Begräbnisses der jungen Baronin durch jenes böhmische Städtchen fuhr. Sie war auf der Reise zu dem Waldschloss ihres Schwagers. Sie hielt an dem Wirtshaus an, in dem Frau von Langenberg gestorben war. Momberger, der gut tschechisch sprechen konnte, erfuhr von den Wirtsleuten alle Einzelheiten. Er sah auch den Knaben und den Brief. Er hatte Mitleid mit dem Schicksal des Waisenknaben und erzählte alles seiner Herrin: vom Tod der jungen Baronin von Langenberg, von dem Knaben und von dem Brief. Er merkte, dass seine Herrin aufs Höchste überrascht und erregt war. Sie ließ sich den Brief und den Knaben bringen.

›Damals‹, so erzählte mir Momberger, ›fuhr der Teufel in sie. Ich sah es an ihren Augen, mit denen sie den Brief und den lieben kleinen Buben betrachtete.‹ Aber Momberger fügte immer entschuldigend hinzu, dass sie eine solche Erbschaft ja bitter nötig hatte, denn bei ihnen zu Haus war glänzendes

Elend und hochmütige Armut. ›Aber‹, so fügte er immer hinzu, ›es war und bleibt ein Schurkenstreich, und ich habe die Hand mit im Spiel gehabt. Ich sollte es jetzt noch gutmachen, aber es wird zu spät sein.‹ Er gab mir dann immer zu verstehen, dass der Junge wohl tot sei.« Der Schauspieler seufzt. »An solchen Abenden, wenn er von seiner schweren Schuld sprach, betrank er sich immer stark. – In des Trunkes Taumel suchte er Vergessenheit.«

Max wagt kaum zu atmen. »Bitte redet weiter!«, sagt er.

»Die Gerichtsrätin ließ den Wirtsleuten durch Momberger sagen, sie wolle den Brief befördern. Den Jungen sollten sie vorläufig behalten. Sie werde dafür sorgen, dass der Knabe abgeholt würde und sie den versprochenen Lohn bekämen. Momberger durfte aber um keinen Preis ihren Namen nennen. Die Wirtsleute waren so einfältig, den Brief abzugeben. Und sie fuhr ab, aber nur bis zum nächsten Dorf. Dort musste an der Schmiede angehalten werden. Die Gerichtsrätin bestand darauf, dass an ihrem Wagen eine Verbesserung angebracht werden musste. Der Kutscher fluchte auf Tschechisch alles, was er wusste, aber die Gerichtsrätin setzte ihren Willen durch. Und während des Aufenthaltes schickte sie Momberger zurück in das Städtchen zu den Wirtsleuten. Er sollte vorgeben, sie hätte etwas vergessen. In Wirklichkeit aber sollte er versuchen, sich auf alle Fälle des jungen Erben zu bemächtigen.«

»Warum nur?«, flüstert Max.

»Hör nur weiter!«, fährt der Alte fort. »Mein Freund Momberger merkte wohl, dass die Rätin etwas im Schilde führte, aber es gelang ihm nicht, ihre Pläne zu durchschauen. Er war, wie damals alle Diener, an Gehorsam gewöhnt und führte aus, was ihm aufgetragen war, ohne viel zu fragen oder zu überlegen. Und die Entführung des Jungen gelang besser, als er selbst dachte. Der kleine Max spielte auf der Straße, und Momberger konnte ihn weglocken und mitnehmen, ohne dass es jemand merkte. Selbst in die Kutsche brachte er ihn, ohne dass der Kutscher etwas davon mitbekam. Die Rätin jauchzte über das Gelingen ihres schwarzen Plans und fuhr direkt zu dem Waldschloss weiter. Den Kleinen gab sie für ihr eigenes Kind aus. Das war nicht verwunderlich, denn sie hatte einen Sohn, der etwa im Alter von Max war. Vorsichtshalber aber musste der Kleine im Schloss in seinem Zimmer bleiben. Die Rätin gab vor, er sei krank. Aber einmal, so hat Momberger immer erzählt, hätte der Kleine alles verraten können. Er war eines Abends allein gelassen worden, aus seinem Bettchen gesprungen und in seinem Hemdchen in das Gesellschaftszimmer geraten. Die Rätin nahm ihn zwar gleich hinweg und ließ ihn durch Momberger einschließen, aber einige der Anwesenden wunderten sich über die Ähnlichkeit des Jungen mit dem kleinen Max. Der Vorfall hatte jedoch keine weiteren Folgen, denn schließlich war ihr Mann ebenfalls ein Langenberg. Bald war alles vergessen.«

»Mein Traum!« Dem atemlosen Zuhörer laufen die Tränen über das Gesicht.

»Junge, nimm dir diese Geschichte doch nicht gar so sehr zu Herzen! Ich mag ja gar nicht weiterreden.«

»Bitte erzählt weiter!«

»So viel ist da nicht mehr zu erzählen. Die Gerichtsrätin brachte den Jungen hier in die Residenz. Und da ist er plötzlich verschwunden. Mein Freund Momberger hat ihn nie wieder gesehen. Er wagte auch nicht zu fragen. Er bewahrte Schweigen über alles, weil auch der Gerichtsrat mehrere drohende Bemerkungen fallen ließ und ihn reichlich mit Geld und geistigen Getränken versorgte. Es hätte ja auch nichts genützt, in dieser faulen Sache zu rühren. Der Junge war doch sowieso tot.«

Max hat ständig auf der Zunge, ihm zu sagen: »Nein, er ist nicht tot! Ich bin es doch!«

Nun weiß Max es wirklich. Ich bin der verschwundene Erbe, der lang gesuchte Enkel des Barons von Langenberg, denkt er. Daran besteht kein Zweifel. Der Gerichtsrat ist der vornehme

Herr, der mich dem Löffelkaspar übergeben hat. Er ist selbst mit den Falschmünzern in Verbindung getreten, um mich zu verderben. Und wegen des nichtswürdigen Jungen, der mich mit der Peitsche geschlagen hat, muss ich das alles ertragen.«

Max kommt nicht mehr dazu, dem Schauspieler etwas zu sagen. Denn plötzlich legt sich eine harte Hand schwer auf seine Schulter, und eine barsche Stimme sagt: »Marsch, vorwärts Junge, in das Kriminalgefängnis.«

Max stürzt aus allen Himmeln. Er fühlt sich wie einer, dem ein Kübel kaltes Wasser über den Kopf geschüttet wird. Was ist, wenn sie jetzt die Absicht haben, ihn zu töten? Er befindet sich ja fest in den Händen seiner Mörder, so wie er es schon als kleines Kind gewesen ist. Und jetzt steht es schlimmer um ihn als je ... Ihn packt das Entsetzen. Vielleicht wird er nie wieder aus dem Gefängnis herauskommen? Vielleicht kann er niemandem etwas davon sagen, was er soeben erfahren hat ...

Er versucht sich zu wehren, aber das ist zwecklos. Wer soll ihm hier helfen? Der Gerichtsdiener hat ihn fest am Kragen und schiebt ihn vor sich her. Es gelingt ihm aber noch, dem alten Schauspieler einen Blick zuzuwerfen, auf seine Brust zu deuten und zu rufen: »Ich bin es!«

Der Schauspieler scheint ihn aber verstanden zu haben. Verwundert streckt er die Hände in die Höhe, als Max abgeführt wird.

»Herr Gerichtsdiener«, fleht Max draußen, »bitte bringt mich zu unserem Fürsten. Ich muss ihm ein schändliches Verbrechen offenbaren, das an mir begangen wird.«

Der Mann antwortet nicht.

»Oder gebt mir die Gelegenheit, dem alten Baron von Langenberg Mitteilung zu machen, dass ich sein Enkelsohn bin.«

»Das Donnerwetter soll dich treffen, du verdorbenes Früchtchen!«, poltert da der Gerichtsdiener los und stößt ihn in die Rippen. »Halt endlich dein dreckiges Maul! Ich habe dein Geschwätz satt.«

Angesichts des Gefängnistors gelingt es Max, sich den Händen des für kurze Zeit unachtsamen Gerichtsdieners zu entwinden. Er hetzt einige Straßen entlang, sinkt dann aber erschöpft um und wird halb besinnungslos von einigen Männern in das Gefängnis geschleppt. Er kommt erst wieder in einem feuchten, dunklen Loch zu sich.

Wie ein Grab, denkt er. Ob dies hier sein Grab wird?

Als seine Augen sich an das Dunkel gewöhnt haben, erkennt Max Einzelheiten im Raum. Ratten huschen herum und scheinen keine Scheu vor Menschen zu haben. An den Steinwänden tropft Wasser herunter. Im ganzen Raum befindet sich sonst nichts als ein Bündel faules Stroh. Welcher Häftling hat hier wohl zuletzt sein Dasein gefristet? Was mag aus ihm geworden sein? Plötzlich packen ihn Angst und Grausen mit ungeahnter Gewalt. Er fühlt sich dem Wahnsinn nahe. Das hier wird er nicht überleben.

Begegnung in der Nacht

Max spürt, wie ihm der Schweiß ausbricht. Sein Herz rast, er kann kaum noch atmen, weil seine Kehle wie zugeschnürt ist. Schwindel befällt ihn, und er sinkt auf den muffig riechenden Strohhaufen zurück. Er schließt die Augen, aber der Schwindel bleibt. Es saust ihm in den Ohren. Solch eine Angst hat er noch niemals gehabt. Das ist das Ende, denkt er.

Er ist unfähig, einen klaren Gedanken zu fassen. Er öffnet die Augen und starrt an die Decke des Gewölbes, die er aber wegen der tiefen Finsternis nicht erkennen kann. Und da sieht er plötzlich etwas. Dort an der Decke erkennt er etwas Helles, das sich langsam verformt, umbildet zu einem Gesicht. Es ist das Gesicht seines Lehrers, das ihn freundlich anblickt.

»Weißt du noch, Max«, hört er den Lehrer von ferne, aber

doch deutlich sagen, »weißt du noch, dass du damals in der Weihnachtszeit einen Liedvers gelernt hast? Einen Liedvers von der Todesnacht? Sag ihn dir auf! Du hast ihn nicht vergessen!«

»Einen Liedvers von der Todesnacht? Wie ging er doch gleich noch? ›Ich lag in tiefster Todesnacht, du warest meine Sonne. Die Sonne, die mir zugebracht Licht, Leben, Freud und Wonne ...‹ Ja, so hieß der Anfang des Verses. Ich, Max, liege hier in tiefster Todesnacht und kenne mich nicht mehr vor grauenvoller Angst. Ich liege in tiefster Todesnacht, du bist meine Sonne? Wer bist du, der meine Sonne ist?« Max blickt wieder an die rabenschwarze Decke hoch oben. Wieder erkennt er etwas Helles, aber diesmal wird daraus nicht das Gesicht seines Lehrers, sondern der Mann am Kreuz, den er sich damals, als er mit Mutter Agnes und Louisa in der Kirche war, so genau betrachtet hat. Er sieht ihn ganz deutlich. Und er hört, was der Gekreuzigte zu ihm spricht. »Auch ich habe solche Angst gehabt, damals im Garten Gethsemane. Ich wusste, dass mir ein schrecklicher Tod bevorstand.«

»Ich erinnere mich. Habt Ihr nicht vor Angst Blut geschwitzt?«

»Richtig. Und deswegen soll deine Angst dich jetzt verlassen. Ich habe deine Angst damals schon in meine Angst mit hineingenommen.«

»Das verstehe ich nicht.«

»Das ist auch gar nicht notwendig. Vertraue dich mir an! Denk daran, dass dein Lehrer immer wieder von Gottes Geschenk an dich gesprochen hat: Er will dein Leben in die Hand nehmen.«

»Was ist denn noch an meinem Leben? Vielleicht machen sie mir schon morgen den Garaus.«

»Gerade deswegen vertrau dich mir an. Wer zu mir kommt, den will ich nicht hinausstoßen.«

»Den Bibelvers habe ich auch gelernt.«

»Was hindert dich daran, dich in meine Arme zu werfen? Ich verspreche dir, während deines ganzen Lebens und darüber hinaus für alle Ewigkeit, dich niemals im Stich zu lassen.«

»Aber warum? Was habt Ihr davon?«

»Ich bin die grenzenlose Liebe. Ich habe mich selbst damals geopfert für alle, die dieses Opfer annehmen. Jetzt steht nichts mehr zwischen Gott und den Menschen, alles ist bereinigt.«

»Und Ihr wollt Euch immer um mich kümmern? Jeden Tag, jede Stunde?«

»Ich brenne darauf.«

»Ich verlasse mich auf Eure Zusage.«

»Ich bin bei dir alle Tage, auch hier im Kerker. Die Angst hat keine Gewalt mehr über dich, denn ich habe sie besiegt. Du kannst jetzt ruhig schlafen und morgen gestärkt erwachen.«

»Danke, du Mann am Kreuz! Ich fühle mich jetzt ganz leicht. Und ich will die Leibsprüche meines Lehrers beten«, denkt Max.

»Lobe den Herrn, meine Seele, und vergiss nicht, was er dir Gutes getan hat …« Und noch während er nachdenkt, wie der nächste Spruch seines Lehrers heißt, fällt er in einen tiefen, erholsamen Schlaf.

Besuch im Kerker

Am Morgen sucht der Gerichtspräsident persönlich Max im Gefängnis auf. Er hat einen Gerichtsschreiber mitgebracht, aber dieser und der Gefängniswärter müssen vorläufig draußen warten. Der Wärter stellt eine Laterne in den Raum und entfernt sich schnell. Kaum ist er draußen, da fängt der Gerichtspräsident auch schon an: »Dass du ein Spitzbube von Haus aus bist, versteht sich bei deinem Vagabundenleben, das du von Kind auf geführt hast, von selbst. Das wird jeder Mensch einsehen. Es wird dir darum ein Leichtes sein, das zuzugeben. Ebenso kannst du nicht leugnen, dass du dich an der Falschmünzerei beteiligt hast. Du bist der Pflegesohn eines Falschmünzers und hast die letzten Jahre im Hause des Anführers der Bande zugebracht. Du siehst, ich weiß alles.«

Max blickt dem Gerichtspräsidenten offen in die Augen. Er fürchtet sich nicht mehr vor ihm, denn er weiß, dass er einen starken Beistand hat. Der Gerichtspräsident kann seinem Blick nicht standhalten und schaut zur Seite.

»Nun kommt hinzu, dass du mit einem Bündel falschen Geldes ergriffen worden bist. Das alles sind zentnerschwere, unwiderlegbare Beweise deiner Schuld. Es bleibt dir also nichts anderes übrig, als alles zuzugeben. Machst du nun diese beiden Geständnisse freiwillig: erstens, dass du gestohlen hast und zweitens, dass du Falschmünzerei getrieben hast – alles andere brauchst du nicht zu sagen – und unterzeichnest das darüber angefertigte Protokoll, dann will ich in Anbetracht deiner Jugend Gnade vor Recht ergehen lassen. Dann wirst du so bald wie möglich aus dem Gefängnis entlassen und erhältst einen Zwangspass nach Amerika, wo du dann selbst für dein Auskommen sorgen musst.«

»Und wenn ich es nicht zugeben will?«, fragt Max.

»In dem Fall, dass du eigensinnig bleibst, wirst du noch ein halbes Jahr hier in diesem Loch in Untersuchungshaft sitzen. Und dann muss ich der Gerechtigkeit ihren Lauf lassen. Man wird dich vermutlich zu zwanzig Jahren Zuchthaus verurteilen. Und nun wähle, was du willst!«

Max durchschaut den Plan des Mannes. Dieser Schurke will ihn zwingen, sich selbst als Verbrecher zu bezeichnen, damit er ihn nach Amerika schicken kann. Dann hat er sein Ziel erreicht: Er kann das Erbe einstreichen, das eigentlich ihm, Max, zusteht.

Eine maßlose Wut steigt in ihm hoch. Seine Empörung lässt ihn alle Vorsicht und allen Respekt vor dem hochgestellten Mann vergessen.

»Ja, ich wollte, die Gerechtigkeit könnte ihren Lauf nehmen«, ruft er. »Dann säßt Ihr hier anstelle von mir. Aber Gott wird schon Recht schaffen. Die Rechte des Herrn behält den Sieg, das hat mein Lehrer oft gesagt.« Mit erhobener Stimme ruft er weiter: »Herr Gerichtspräsident, Ihr könnt mich nicht täuschen, denn ich weiß alles. Ihr habt mich gestohlen. Ihr habt mich dem Löffelkaspar übergeben, damit ich ein Vagabund und Spitzbube werden sollte, aber Gott hat mich bewahrt, dass ich es nicht geworden bin. Ihr habt als der höchste Gerichtsbeamte mit den Falschmünzern unter einer Decke gesteckt. Und das alles, um mir meinen Großvater zu nehmen und mein Erbe zu rauben. Denn ich bin der rechtmäßige Erbe des alten Barons. Ich bin Maximilian von Langenberg.«

Der Gerichtspräsident schaut Max an, als wenn er einen Geist sähe. Er ist leichenblass geworden und zittert am ganzen Leib. Aber dann erholt er sich und zischt ihn boshaft an: »Gut, wenn du es weißt, dann weißt du auch, dass du hier verfaulen musst.«

Die Kerkertür fällt ins Schloss. Max hört den Gerichtspräsidenten draußen mit dem Gefängniswärter sprechen. Er meint, das Wort »wahnsinnig« zu verstehen.

Plötzlich kommt Max zur Besinnung.

»O Gott, was habe ich getan? Der Gerichtspräsident ist ein gewissenloser Mann, der vor keinem Mittel zurückschreckt. Wie kann ich ihn nur so herausfordern? Er ist allmächtig und hat die gesamte Rechtspflege des Landes in seiner Hand. Was ich getan habe, grenzt an Selbstmord.« Er wirft sich auf den Strohhaufen.

Die Tage schleichen dahin, er verliert das Gefühl für die Zeit. Viele Wochen muss er hier im Gefängnis schmachten, aber er spürt, dass er nicht allein ist.

Elsewitts Reise

Etwa zehn Tage nach Max' Verhaftung schreitet Elsewitt mit einem Bündel unter dem Arm in großen Schritten von der Höhe des Westerwaldes hinunter ins Lahntal. Sie hat keins von ihren Kindern bei sich, denn beide Mädchen schlafen nun auf dem Friedhof des Dörfchens, in dem sie zuletzt gewohnt haben. Beide sind sie in einer Nacht gestorben, kurz nachdem Max zu Besuch bei Elsewitt gewesen ist. Das Scharlachfieber, das in diesem Jahr schon so viele Menschen das Leben kostete, hat auch Elsewitts Kinder nicht verschont.

Es ist schrecklich gewesen in der Nacht, als die Kinder starben. Der Löffelkaspar hatte seine Gesellen mitgebracht und ein wildes Zechgelage begonnen, genau in dem Raum, in dem die kranken Kinder lagen. Die Elsewitt hatte den Kaspar beschworen, er möge es doch nicht tun und die Kinder, seine Kinder, in Ruhe sterben lassen. Aber er war schon so betrunken und wütend, dass er die Elsewitt an den Haaren zerrte und sie zwang, seine Gäste zu bedienen. Als sie dann endlich Zeit fand, nach ihren Kindern zu sehen, war deren Röcheln verstummt.

Sie hat daraufhin laut aufgeschrien, sodass die wilden Kumpane erschrocken aufgefahren sind. Der Löffelkaspar, plötzlich ernüchtert, hat die Elsewitt trösten wollen, aber sie hat ihn zurückgestoßen. Die Männer sind bleich aus dem Haus gestürzt, mit ihnen auch Kaspar.

Der Löffelkaspar ist nicht wiedergekommen, nicht einmal zur Beerdigung der Kinder. Elsewitt hat einen ganzen Tag in dumpfem Schmerz dagesessen, dann aber ist sie aufgesprungen und hat gerufen: »Ich habe noch ein Kind, eins, das mich jetzt dringend nötig hat. Ich muss meinen Max suchen!«

Sie hat erfahren, dass der Junge als Gefangener in die Residenzstadt gebracht worden ist und in den Händen des Gerichtspräsidenten nichts Gutes zu erwarten hat. So hatte der Graue es dem Kaspar gesagt und daher weiß es die Elsewitt. Der Gedanke an die Not ihres Pflegesohnes gibt ihr wieder neue Kraft.

Elsewitt wandert in den Taunus zu dem Dorf, wo Lehrer Zitz inzwischen wohnt. Glücklicherweise kann sie ihn ausfindig machen. Mit ihm sitzt sie einen ganzen Tag zusammen und studiert die Reiseroute nach Böhmen. Sie will den alten Baron in seinem Waldschloss aufsuchen und ihm berichten, was mit seinem Enkel geschehen ist und in welcher Notlage er sich jetzt befindet. Tags darauf bricht sie mit den Segenswünschen der ganzen Lehrerfamilie nach Böhmen auf.

Nirgendwo hält sie sich lange auf. Zielstrebig wandert Elsewitt nach Osten und dann nach Süden. Vieles ist schon in der Welt besungen und bewundert worden, was weniger wert ist als das, was diese Frau in ihrer Mutterliebe tut. Immer wieder aber erlebt sie, dass hilfreiche Menschen sie beherbergen, ein Stück weit auf einem Wagen mitnehmen oder ihr eine Mahlzeit anbieten. Sie lernt viele verschiedene Menschen kennen und kommt in manches Haus. Überall macht sie die Erfahrung, dass es bei Menschen das Paradies nicht gibt. »Unter jedem Dach ist ein Ach!« Dieses alte Sprichwort kommt ihr manchmal in den Sinn. Sie erfährt, dass es Menschen gibt, die Schweres ertragen müssen; noch Schwereres als das, was ihr aufgebürdet worden ist.

Nach wochenlangem Irren und Suchen findet Elsewitt endlich das böhmische Waldschloss und den alten Baron und kann ihm ihre Mitteilung machen.

Auf der Rückreise

Nur zwei Tage nach ihrer Ankunft beginnt die Rückreise.

»Der kalte Winter soll uns nicht schrecken«, sagt der Baron zu Elsewitt und Louisa, die schnell Freundschaft geschlossen haben. Die ältere Frau erinnert Louisa in manchen Dingen an ihre Mutter Agnes.

»Mein Enkel soll nicht im Kerker verkommen«, treibt der Baron die beiden Frauen an. »Lasst uns sofort aufbrechen!«

In Windeseile werden noch warme Kleider für Elsewitt besorgt, denn ihre Garderobe hat auf der Reise sehr gelitten.

Der Baron mahnt die Kutscher immer wieder, sich nirgendwo aufzuhalten. Deswegen spart er auch nicht an Trinkgeld. Die Kutsche hat den Vorteil, dass man sie heizen kann. Die Passagiere brauchen also nicht zu frieren.

Während der langen Fahrt kommen die beiden Frauen ins Gespräch. Bald stellt sich zum Erstaunen der beiden Älteren heraus, dass Louisa den Löffelmax kennt. Beiläufig erwähnt Louisa dabei, dass auch sie ihre richtigen Eltern nicht kennt.

»Also bist du gar nicht die leibliche Tochter der Köhlersleute«, fragt Elsewitt aufgeregt.

»Nein«, antwortet Louisa, »ich bin als Säugling bei meinen Pflegeeltern ausgesetzt worden. Sie waren aber sehr gut zu mir. Meine richtigen Eltern hätten mich nicht liebevoller behandeln können.«

»Du bist bei den Köhlersleuten ausgesetzt worden?«, fragt Elsewitt ungläubig.

Der Baron sagt: »Man gab vor, für das kranke Kind und die Begleitung ein Nachtquartier zu benötigen. Dann aber haben sich die Begleiter mit der Kutsche aus dem Staub gemacht und das Kind zurückgelassen.«

»Ja«, sagt Elsewitt, »ich kenne die Geschichte. Mein Bruder, der damals die Kutsche lenkte, hat mir diesen Schurkenstreich erzählt.«

»Aber dann«, ruft Louisa, »dann wisst Ihr ja vielleicht, wer die Leute waren, die mich ausgesetzt haben.«

»Ein wenig weiß ich darüber«, sagt Elsewitt. »Ich muss aber zugeben, dass ich meinem Bruder damals nicht richtig zugehört habe. Meine Töchter waren noch klein und haben mich fortwährend abgelenkt.«

»Bitte, verratet uns, was Ihr wisst«, fordert der Baron sie auf. »Wisst Ihr am Ende den Namen der Leute, die Louisa gebracht haben?«

»Mein Bruder würde Namen nennen können. Er hat vielleicht Namen genannt, aber ich habe sie vergessen. Mein älterer Bruder war seinerzeit Lohnkutscher und hat mich einmal auf dem hohen Westerwald besucht. Er hat mir viel von seinen Erlebnissen in der weiten Welt erzählt, unter anderem auch davon, dass er einmal an dem Schurkenstreich beteiligt gewesen ist, dass eine Frau ihre kleine Nichte bei einem Köhlerehepaar ausgesetzt hat. Die Köhlerhütte, so erzählte mein Bruder, habe unweit eines Schlosses an der Lahn gestanden.« Louisa wagt kaum zu atmen.

»Was wisst Ihr noch?«, fragt sie beklommen.

»Mein Bruder sagte, das Kind stamme von einem ungarischen Grafen. Seinerzeit hatte dieser ungarische Graf in Wien zwei adlige Schwestern kennengelernt und die jüngere von beiden geehelicht. Die ältere Schwester hätte den Grafen auch gerne genommen. Als nun die junge Gräfin bei der Geburt einer Tochter am Kindbettfieber starb, hielt die Ältere ihre Stunde für gekommen. Der Graf hat sie aber nicht haben wollen. Er hat ihr gegenüber immer gesagt, er könne sich nicht wieder verehelichen, da er ja ein Kind von seiner Frau habe. Dieses stünde einer erneuten Vermählung im Wege. Als er kurz darauf eine lange Reise antrat und der Schwägerin seine Tochter in Obhut gab, reiste diese ihrerseits nach Ems ins Bad und nahm das Kind mit. Sie hatte den Plan, es irgendwo auszusetzen und mietete dafür einen Schauspieler, der ihr helfen musste.«

»Schändlich«, sagt der Baron.

»Und als sie sich des Kindes glücklich entledigt hatte, kehrte sie zurück und führte sogar einen kleinen Sarg mit sich, in dem sich angeblich der Körper des Kindes befunden hat. Das Kind wurde beigesetzt, und die Schwägerin schrieb dem Grafen, dass seine Tochter gestorben und bestattet sei. Aber der Graf war da schon in holländische Dienste nach Ostindien gegangen. Irgendwann kam die Nachricht, dass er nicht mehr unter den Lebenden weile. Seine Güter nahmen seine Erben in Besitz. Die Schwägerin, die gemeint hatte, den Grafen heiraten zu können, wenn sie das Kind aus dem Weg geräumt hätte, musste nun das Schloss verlassen. Sie hätte etwas darum gegeben, das Kind als Erbin des väterlichen Besitzes wieder bei sich zu haben. Aber sie hatte ja überall den Tod des Kindes bekannt gegeben und konnte es jetzt nicht einfach wieder abholen. Auch mein Bruder verlor damals seine Stellung.«

»Das ist zweifellos Louisas Geschichte«, meint der Baron. »Kind, nun wissen wir wenigstens, dass du aus einer vornehmen ungarischen Familie stammst.«

»Und Ihr könnt Euch auf einen Namen ganz bestimmt nicht besinnen?«

»Nein, liebe Louisa«, zuckt Elsewitt mit den Schultern, »ich kann nicht einmal mit Sicherheit sagen, ob mein Bruder überhaupt einen Namen genannt hat.«

»Wir werden versuchen, Euren Bruder zu finden, Frau Elisabeth!«, meint der Graf. »Lasst uns nur erst wieder zu Hause sein! Aber vorerst wollen wir meinen Enkel aus dem Gefängnis befreien.«

Audienz beim Fürsten

Endlich rasseln die Räder der Kutsche über das Pflaster in der Residenzstadt. Baron von Langenberg lässt direkt vor dem Palast des Fürsten anhalten und bittet, obwohl es schon später Nachmittag ist, um eine gnädige Audienz.

»Bitte richtet dem Fürsten aus, dass es dringend sei und dass es um den Fortbestand einer der ältesten Familien des Landes gehe. Und es handele sich um die Entlarvung eines Schurken aus den höchsten Kreisen der Gesellschaft«, trägt er dem Diener auf.

Nur wenige Minuten später kommt der Diener zurück. »Der Fürst erwartet Euch!«

Baron von Langenberg steht kurz darauf vor dem Landesvater.

»Das ist des Himmels Fügung«, ruft dieser ihm entgegen, »dass Ihr gerade jetzt kommt, Baron!«

Baron von Langenberg verbeugt sich vor dem Fürst und beginnt zu erzählen, dass er glaube, seinen lange gesuchten Enkel gefunden zu haben.

»Das weiß ich schon seit Kurzem, Baron«, winkt dieser ab.

»Das wisst Ihr schon, Majestät?«, fragt der Baron ungläubig.

»Ich will Euch das Rätsel lösen«, sagt da der Fürst. »Geduldet Euch einen Augenblick!«

Der Fürst befiehlt, den alten Schauspieler herbeizubringen. Dieser erzählt nun blumenreich und mit vielen Zitaten verziert die Geschichte, die er auch Max im Gefängnis vorgetragen hat. Er beschreibt anschaulich den Eindruck, den die Schilderung auf den Häftling Max gemacht habe und dass dieser, als man ihn zum Kerker schleppte, gerufen habe: »Ich bin es!«

Dann schildert er, welche Schwierigkeiten er gehabt habe,

endlich bei dem Gefängniswärter Gehör und Glauben zu finden, dass dieser dann auf seine eindringlichen Bitten hin Meldung beim gnädigen Landesfürsten gemacht habe und er dann schließlich bis zu ihm hätte durchdringen können.

Nun befiehlt der Landesfürst, auch Elsewitt herbeizuholen. Aber sie bringt vor Aufregung kaum ein Wort über die Lippen, als sie dem Fürsten gegenübersteht. Schließlich lässt dieser Max aus dem Gefängnis holen. Kaum erblickt sie ihn, da läuft sie auf ihn zu, umarmt und drückt ihn und lacht und weint gleichzeitig, weil sie nun weiß, dass sie ihre lange Reise nach Böhmen nicht vergebens gemacht hat.

»Max, mein Junge, du bist so bleich!«, ruft sie. »Hat man dir nicht genug zu essen gegeben?«

Nun erfährt Max, was er noch nicht weiß und was die Elsewitt ihm bisher nicht sagen durfte. Der Kaspar ist schon einmal Falschmünzer gewesen. Damals hat man ihn aber gefasst und, da es Kriegszeiten waren, mit ihm kurzen Prozess gemacht. Er sollte am Galgen hingerichtet werden. Das war aber gerade zu der Zeit, als die Gerichtsrätin mit dem geraubten Jungen aus Böhmen in die Residenz kam. Jedenfalls wusste man in der Familie nicht so recht, was man mit dem Kind anfangen sollte. Da hatte der Gerichtsrat die Eingebung, ihn dem Löffelkaspar zu übergeben. Er selbst leitete die Verhandlungen. Die Übergabe an den Löffelkaspar geschah unter bestimmten Bedingungen, die Elsewitt noch immer auswendig aufsagen kann: »Der Löffelkaspar erhält seine Freiheit wieder, darf jedoch nie wieder Falschmünzerei treiben. Dafür hat er das ihm übergebene Kind als sein eigenes zu betrachten und auszugeben und ihm seinen eigenen Namen zu verleihen. Er hat jedermann und auch das Kind in dem Glauben zu halten, dass es sein leiblich geborenes Kind sei. Er selbst hat niemals nach dem eigentlichen Ursprung des Kindes zu forschen. Auf das Leben und die Gesundheit des Pfleglings ist keine besondere Sorgfalt zu verwenden. Wenn das Kind früh stirbt, wird eine bedeutende

Summe ausgezahlt. Eine besondere Ausbildung oder Erziehung soll nicht angestrebt werden. Der Junge soll aufwachsen wie ein Kind seiner Umgebung. Sollte eine dieser Bedingungen nicht erfüllt werden, wird der Prozess gegen den Löffelkaspar erneut aufgenommen und das Urteil vollstreckt.«

Der Kaspar hat seinerzeit ein Papier mit diesen Bedingungen unterzeichnen müssen. Seitdem fühlte er es als ständige Bedrohung, die ihn freilich nicht davon hat abhalten können, wiederum falsches Geld zu machen.

»Wir hatten lange Zeit keine Ahnung«, erklärt die Elsewitt, »wer der Max ist. Aber wir dachten schon immer, er müsse aus vornehmem Stande kommen. Er sah ja von klein auf aus wie ein Prinz ...«

Zärtlich blickt sie den bleichen jungen Mann an. »Zum ersten Mal brachten wir ihn in Verbindung mit dem Baron von Langenberg, als der Herr Gerichtsrat uns warnen ließ, wir sollten wegen der Nachforschungen des Barons auf der Hut sein.«

»Mein Bruder!«, seufzt der Baron.

»Aber erst der Hofbauer vom Knötches-Hof«, fährt die Elsewitt fort, »der ja der Hauptmann der Falschmünzer ist, hat uns ein Licht aufgesteckt. Vor dem bleibt nichts verborgen. Als er unseren Max erst einmal auf seinem Hof hatte, da wusste er auch bald, wer er wirklich war.«

Max hängt an den Lippen der Elsewitt. »Der Hofbauer vom Knötches-Hof, den wir immer ›den Grauen‹ nannten, der sprach auch eine ganz andere Sprache mit dem Gerichtspräsidenten. Sonst mussten die Falschmünzer jedes Jahr eine schwere Summe an ihn abgeben; aber nun musste der Präsident an die Falschmünzer Geld bezahlen.«

»Was?!« Der Fürst ist außer sich. »Mein Gerichtspräsident hat Geld von den Falschmünzern angenommen? Das ist ja unvorstellbar.«

Er blickt in die Runde. »Wie abscheulich, dass die Rechtspflege meines Landes in solchen Händen gelegen hat.«

Nun ist die Stunde des Barons gekommen. Nachdem Elsewitt Max losgelassen hat, um ihren Bericht zu erstatten, kann der Baron Max in die Augen und ins Gesicht schauen. Es scheint, als wolle er jeden Zug prüfen. Dann umarmt er ihn plötzlich und küsst ihn auf die Stirne. »Du bist mein lieber Enkel, mein Junge. Immer habe ich dich gesucht und niemals die Hoffnung aufgegeben, dich zu finden.«

Noch bevor Max etwas antworten kann, wird er zum Fürsten gerufen. Der Landesvater klopft ihm freundlich auf die Schulter: »Du hast schon viel erdulden müssen in deiner Jugend, mein Lieber, aber ein so edler Stamm wie der Deinige kann schon etwas aushalten, ohne gebeugt zu werden. Du bist in deinem Wissen sicherlich zurückgeblieben, aber desto mehr hast du in der Schule des Lebens gelernt. Die Erfahrung der Armut und der Not des Lebens kann dir noch sehr nützlich sein. Wir werden dir stets gewogen bleiben und mit unseren Augen deine Ausbildung und deine Entwicklung begleiten.«

Der Baron küsst die Hand des Fürsten. Dann umarmt er Max nochmals und sagt: »Dich hatten sie mir rauben wollen, dich, geliebtes Kind? Gott weiß, welchen Kummer ich um dich ausgestanden habe! Aber nun habe ich dich ja gefunden.«

Endlich kann Max auch den alten Schauspieler begrüßen und ihm herzlich die Hand drücken. »Ich danke Euch für das, was Ihr für mich getan habt.«

An Elsewitt gewandt, sagt er: »Auch Euch danke ich, liebe Mutter, dass Ihr die weite Reise unternommen habt, um mich aus dem Gefängnis zu retten.«

Die Mutter schluchzt laut auf: »Armer, armer Junge! Was haben sie dir wehgetan! Meine anderen Kinder, das Mariechen und die Lina, liegen auf dem Kirchhof, da bin ich dich suchen gegangen, Max!«

Der Fürst sagt tief gerührt: »Diese Leute habe in ihrer schlichten Liebe und Treue viel, sehr viel für dich getan, mein Bursche. Vergiss niemals, ihnen dankbar zu sein!«

Das Geständnis

Nun tritt der Gerichtspräsident in das Zimmer. Der Fürst hat ihn rufen lassen. Kaum hat er Max und seinen Bruder beim Fürsten erblickt, da erbleicht er. Seine Knie wanken, er muss sich an einem Stuhl festhalten, um nicht umzusinken.

»Herr Gerichtspräsident, wir sind zutiefst empört über das, was wir hier erfahren haben. Ihr habt den Enkel und rechtmäßigen Erben Eures Bruders in schamloser Weise als unmündiges Kind gestohlen und einem Verbrecher übergeben. Ihr habt fortwährend versucht, Euren Neffen zu verderben und dabei sogar von den Falschmünzern, die Ihr doch verfolgen solltet, Geld genommen! Was habt Ihr dazu zu sagen?«

Der Gerichtspräsident wirft sich dem Fürsten zu Füßen. Er weiß, dass hier nur ein reuiges Bekenntnis helfen kann.

»Ihr habt Euer Leben verwirkt«, sagt der Fürst, »aber ich will sehen, ob ich Gnade vor Recht ergehen lassen kann! Steht auf!«

Ächzend erhebt sich der Gerichtspräsident.

»Beantwortet einige Fragen, die ich an Euch richten werde! Habt Ihr dieses Kind geraubt?«

»Ich habe dem Raub des Kindes durch meine Gattin zugestimmt.«

»Habt Ihr später dieses in Böhmen gestohlene Kind dem Falschmünzer, der auch ›Löffelkaspar‹ genannt wird, übergeben?«

»Ja. Ich hatte einmal mit dem Verbrechen begonnen … Wenn ich das Kind nicht töten wollte, blieb mir nur dieser Weg.«

»Es ist genug«, sagte der Fürst. »Ich habe dieses Geständnis noch für nötig erachtet, um Eurem Bruder, jenem tief gekränkten, ehrwürdigen Mann, Gewissheit zu geben über die Echtheit des geraubten und wiedergefundenen Kindes. Alle anderen Veruntreuungen und Abscheulichkeiten mögen die Gerichte feststellen.«

Der Gerichtspräsident wendet sich plötzlich an den Baron. »Bruder«, ruft er, »kannst du nicht ein gutes Wort für mich einlegen?«

Noch bevor der Baron antworten kann, donnert der Fürst: »Fort aus meinen Augen!«

Zuletzt erlaubt der Landesvater dem Baron, mit seinem Enkel auf sein Schloss heimzukehren.

Als Max sich der Kutsche seines Großvaters nähert, springt ein junges Mädchen heraus und läuft ihm entgegen.

»Max!«, ruft die junge Dame, »Du bist groß geworden, schon fast ein richtiger Mann. Aber sonst hast du dich nicht verändert.« Sie ergreift seine Hand und schüttelt sie heftig.

Max starrt das Mädchen an. Plötzlich geht ein Strahlen über sein Gesicht: »Louisa! Wie schön bist du geworden! Und wie groß! Eine wunderschöne Dame!«

Beide lächeln sich an und werden ein wenig rot.

»Max«, sagt Louisa, »lass mich nachschauen, ob man noch sehen kann, dass deine Augenbraue von dem Peitschenschlag damals gespalten worden ist. Du hattest dich doch vor mich geworfen, damit ich den Hieb nicht abbekommen sollte.«

Sanft zieht Louisa das Gesicht von Max, der ein gutes Stück größer ist als sie, zu sich herunter. Mit dem Finger fühlt sie vorsichtig die Narbe in der Braue. »Ja, hier ist sie. Zugewachsen zwar, aber ich kann sie noch fühlen.« Und sie haucht einen Kuss auf die gespaltene Augenbraue, die einst den für sie bestimmten Hieb hinnehmen musste.

»Du hast damals die blaue Blume nicht gefunden, die alle Wunden sofort heilen kann«, lacht Max. »Aber wenn du die Behandlung der Narbe übernehmen willst, dann ist mir das viel lieber als ein Huflattichblatt oder eine blaue Blume.«

Elsewitt und der Schauspieler dürfen im Schloss jeder ein schönes Zimmer beziehen. Aus Dankbarkeit für die Rettung seines Enkels gewährt der Baron ihnen diese Gefälligkeit. Elsewitt geht Frau Gritt zur Hand. »Wo mein Max ist, da muss ich doch auch sein!«, erklärt sie jedem, ob er es hören will oder nicht. Der alte Schauspieler freundet sich mit dem Baron an, deklamiert ihm häufig ganze Passagen aus Theaterstücken, in denen er einst mitgespielt hat, oder liest ihm Gedichte vor. Er bekommt eine Stelle als Haushofmeister.

Wenige Tage darauf vermeldet die Zeitung: »Der Gerichtspräsident von L. ist mit Gattin und Sohn auf Reisen gegangen, nachdem ihm ein längerer Urlaub erteilt worden ist.« Der Baron weiß aber, was hinter dieser Meldung steckt. Sein Bruder samt seiner Familie wurde von zwei Gerichtsdienern nach Bremen auf ein Auswandererschiff gebracht. Viele Kriminelle werden auf diese Weise aus der Alten Welt nach Amerika geschafft …

Bald aber überstürzen sich die Ereignisse, und die Zeitungen sind voll davon. Ein vernichtender Schlag wird gegen die Falschmünzer geführt. Sie werden allesamt in dem alten Burgkeller, wo Max sie einst belauscht hat, gefangen genommen. Dem Löffelkaspar jedoch gelingt es zu entkommen. Betrunken flüchtet er in den verschneiten Wald, wo man ihn später erfroren auffindet. Leider gelingt es den ausgesandten Soldaten nicht, den Hofbauern vom Knötches-Hof, den Grauen, zu fangen. Er verschwindet vor ihren Augen und bleibt verschwunden.

Herr Justus, dessen Sohn, erleidet jedoch ein schreckliches Schicksal. Als er erkennt, dass der Hof umstellt ist und er nicht flüchten kann, beschließt er, sich selbst den Tod zu geben und die Soldaten und alle anderen Hofbewohner mit ins Verderben stürzen. Er entzündet daher alle seine explodierenden Stoffe, erreicht sein Ziel aber nicht. Es knallt und zischt zwar furchtbar, das Feuer kann jedoch gelöscht werden. Nur er selbst kommt in den Flammen um.

Das Paar

Der alte Baron von Langenberg forscht nun nach Louisas Vater. Er stützt sich dabei auf die Aussagen Elsewitts, die ihr Wissen von ihrem Bruder, dem Lohnkutscher, hat. Es dauert einige Zeit, bis der Lohnkutscher ausfindig gemacht werden kann. Dann beschließen Max und sein Großvater, zu ihm zu reisen. Louisa bettelt so lange, bis sie mitfahren darf – schließlich handelt es sich um ihre Familie. Und auch Elsewitt möchte gern ihren Bruder wiedersehen.

So reist die kleine Gesellschaft nach Herborn, wo der Kutscher in Diensten steht. Einen ganzen Tag lang berichtet er alles, was er weiß. Natürlich kann er auch den Namen seines einstigen Herrn aus Ungarn nennen.

»Ihr seht ihm ähnlich, junge Frau«, sagt er zu Louisa. »Er war nur ein Stück größer als Ihr. Seine Augen waren etwas dunkler, aber die Haarfarbe ist genau wie die Eure gewesen. Und was Eure Gestalt betrifft, da seht Ihr aus wie Eure Mutter. Sie war eine wunderschöne und sehr freundliche Frau.«

»Eine wunderschöne und sehr freundliche Frau ist auch die Tochter«, flüstert Max. Louisa hört seine Worte trotzdem und lächelt ihn verlegen an.

Nun, da der Name von Louisas Vater bekannt ist, fällt es nicht mehr schwer, nach der Familie zu forschen. Schließlich hat man das Landgut ausfindig gemacht, welches seinerzeit ihrem Vater gehörte. Die jetzigen Besitzer sind erstaunt und höchst verärgert darüber, dass da eine Fremde möglicherweise Ansprüche stellen kann. Die Schwierigkeit besteht darin, dass Louisa beweisen muss, die Tochter des Vorbesitzers zu sein. Der Rechtsstreit führt so weit, dass man sogar den Sarg öffnet, in dem die verstorbene Tochter des Vorbesitzers beigesetzt worden ist. Er ist tatsächlich leer. Das alles gilt aber vor Gericht noch nicht als Beweis für Louisas wirkliche Abkunft.

Fieberhaft sucht man deshalb nach Louisas Tante. Diese hat aber einen baltischen Landadligen geehelicht und lebt irgendwo im Baltikum. Nach fast einem Jahr ist sie gefunden. Sie leugnet, Louisa bei dem Köhlerehepaar ausgesetzt zu haben und behauptet, die kleine Leiche nach Ungarn gebracht und dort beigesetzt zu haben. Warum der Sarg jetzt leer ist, könne sie sich nicht erklären.

Die Angelegenheit zieht sich in die Länge. Irgendwann sagt Max bei einem Gespräch im Schlossgarten zu Louisa: »Wozu brauchst du Besitzungen in Ungarn, Louisa? Die Leute dort mögen dein Landgut behalten. Haben wir hier nicht genug?«

Louisa wird rot bis an die Haarwurzeln, dreht schnell den Kopf zu Seite und sagt mit seltsam belegter Stimme: »Aber Max, wenn du ... wenn du eines Tages heiratest, dann, dann ... werde ich das Schloss verlassen müssen. Und dann bin ich arm wie eine Kirchenmaus. Ich habe doch überhaupt keine Verwandten, zu denen ich ziehen könnte.«

Max lächelt: »Was du dir für Sorgen machst! Könntest du nicht auch heiraten? Dann wärst du doch versorgt.«

»Ich, heiraten? Am Ende noch einen Mann, den ich gar nicht mag? Nur um versorgt zu sein?«

»Wer redet denn von einem Mann, den du nicht magst?«

»*Du* redest solch einen Unsinn.«

»Lass uns nachdenken: Gibt es denn keinen Mann, den du ein wenig lieb haben könntest?«

»Hör auf mit solchen Überlegungen!«

»Ich habe dir eine Frage gestellt.«

»Die ich dir nicht beantworten will. Was geht es dich an, ob es einen Mann gibt, den ich über alles liebe?«

»Ich bin mir sicher, dass es mich etwas angeht.«

»Du bist zu mir wie ein Bruder. Du meinst es gut mit mir.

Deine brüderliche Zuneigung und Fürsorge tut mir unendlich wohl. Und doch …«

»Ist es dir am Ende nicht recht?«

Da kann Louisa sich nicht mehr zurückhalten: »Ach Max, seit ich dich das erste Mal traf, damals an der Köhlerhütte, als du mich auf dem Wagen mit der Holzkohle darauf bis hierher zum Schloss gezogen hast, als du mich vor dem Peitschenschlag beschütztest und selbst dafür verletzt wurdest, seit dieser Zeit habe ich dich bewundert und zu dir aufgesehen. Aber im Laufe der letzten Zeit hat sich diese Bewunderung irgendwie gewandelt. Ich bin froh und aufgeregt, wenn du kommst, ich bin traurig, wenn du nicht da bist. In deiner Nähe geht es mir gut. Und ich habe Angst vor dem Tag, an dem ich dich verlassen muss.«

»Aber wer redet denn von Verlassen, Louisa? Mir geht es wie dir. Früher habe ich die kleine Schwester in dir gesehen. Und nun, nun möchte ich …«

»Ja, Max …?«

»Ich weiß nicht, wie ich es sagen soll … Also, es wäre doch am besten, du heiratest mich! Dann wärst du versorgt, brauchtest nicht von hier fort und ich, ich habe dich von Herzen lieb und wünsche mir nichts mehr, als dich immer bei mir zu haben. Ich habe dich wirklich von ganzem Herzen lieb. Könntest du dir vorstellen, meine Frau zu werden?«

Louisa zieht Max zu sich herunter. »Das tue ich doch schon seit Monaten, du …« Und mit einem langen Kuss endet dieses Gespräch im Schlossgarten.

Als die beiden einige Zeit später Hand in Hand ins Schloss zurückkehren, sagt der Baron erleichtert: »Seid ihr nun endlich so weit? Mein sehnlichster Wunsch scheint in Erfüllung zu gehen.«

An den glücklichen Blicken der beiden kann er unschwer erkennen, dass sein sehnlichster Wunsch jetzt kein Wunsch mehr ist.

»Und mit der Hochzeit wird nicht mehr lange gewartet. Ich bin so alt, dass es höchste Zeit für mich wird, Urenkel auf den Knien zu wiegen.«

Jahre sind vergangen. Der alte Baron lebt nicht mehr. Kurz nach ihm ist auch der alte Schauspieler gestorben, der sein bester Freund gewesen ist. Die Elsewitt ist, nachdem sie sich erholt und gekräftigt hat, noch eine stattliche Frau geworden. Sie hat einen Gutverwalter des Barons geheiratet, Kinder hat sie aber nicht mehr gehabt. So betrachtet sie sich als die Mutter von Max und Louisa und kümmert sich rührend um ihre Enkelkinder, die sie als Großmutter verehren.

Max besucht jährlich seinen längst ergrauten Lehrer Zitz und hat einige seiner vielen Kinder gefördert und auf seine Kosten zum Studium nach Marburg oder Gießen geschickt. Er sagt sich: »Wenn mein Lehrer nicht gewesen wäre, der mir den Blick auf den Mann am Kreuz gelenkt hat, dann wäre ich damals im Kerker vor Angst gestorben. Der Lehrer ist mein guter Engel gewesen, der mir den Weg zu einem tapferen Leben gezeigt hat. Gott hat mir noch mehr gute Engel geschickt, Menschen, die mir geholfen haben. Und deshalb will auch ich für möglichst viele Menschen ein guter Engel sein.«